U0603990

岛屿之书

The Outrun

Amy Liptrot

[英] 艾米·利普特罗特 著

林濑 译

广西师范大学出版社

·桂林·

小阅读 · 文艺

目 录

Prologue 序幕

直升机螺旋桨的嗡嗡声里，年轻女人怀抱着新生儿。她坐在轮椅上，沿着小岛的机场跑道被人推着，迎向男人。他身穿精神病患的约束衣，同样坐着轮椅，从对面被推过来。

那天，这对二十八岁的男女同时被送进附近一家小医院。女人生下她的第一个孩子。声嘶力竭、情绪失控的男人被武力制服，注射了镇静剂。

奥克尼，苏格兰北部的一片群岛，位于北海和大西洋之间，饱受风侵海蚀。这里有优良的生活服务设施：医院，机场，影院，两所中学，一家超市。但有一样是没有的：为精神科专设、保障医患和公共安全的封闭式病房。一旦有人经诊断必须依规收治，只能被送往海峡南面的阿伯丁。

航班搭载石油工人去海上钻井平台上工，或从苏格兰本土递来邮包。从空中俯瞰，机场跑道在空旷无树的大地上像一道闪电。遇上大风或海雾，机场依例要关闭好几天。除此以外的日子，在空中交通管制的指挥下，在低伏的群岛和伸向远方的苍穹之间，这里是别离与回归的悲喜剧日常上演的舞台。

这个五月的夜晚，雏菊合拢花瓣打算入眠，海鸽和三趾鸥回到峭壁上的家，给雏儿打包了沙鳗晚餐，羊群依偎在干石墙[①]的荫庇下——我的人生就在这时拉开序幕。我降生在这座小岛上时，我的父亲正要被带走。是我提前三周的早产令他躁狂症发作。

母亲把我搁在父亲的膝头，向他介绍自己的小女儿。片刻之后，他就被带上启程的飞机。她对他说了些什么，引擎的轰鸣盖过话音，词语消散在风里。

---

① 干石墙，具有苏格兰特色的建筑体，由形状契合的碎石块垒成，不掺水泥、砂浆等黏合材料。最初用于圈养牲畜，历史可上溯至五千年前，后当地传统民居也采用同样的建筑技法。详见第十章。（本书脚注均为译者注，以下不再进行特别说明）

1

The Outrun 外野

回到岛上的第一天，我下到荨麻地里，躲在一台旧冰柜背后的避风处看海上风云变幻。海浪拍击岸礁，听上去和伦敦的车流声没多大不同。 1

父亲的农场位于奥克尼最大的主岛上，紧邻西海岸，和奥斯陆、圣彼得堡纬度相同，与加拿大之间只隔了悬崖和大洋。农业生产方式新陈代谢，农场上添了新建筑、新机器，原来的小棚屋和老农具还留着，泡在咸涩的空气里慢慢朽蚀。一台坏掉的拖拉机，车铲现在充当羊群的饲料槽。从前的牛棚里堆满了淘汰的农机和屋里用不着的旧家具。就是在这个谷仓里，我曾经把绳子绕在梁椽上荡秋千，或者弯起膝盖倒吊在门上。如今，这扇门已经锈得立不住了。

向南，农场沿着海岸伸展，逐渐沙化，最后通到

2 斯凯尔湾。那是一片一英里[①]长的沙滩，坐落着新石器时代村落遗址斯卡拉布雷。向北，农场跟着悬崖攀上高地，直抵欧石南丛生之处。每块地的名字都平平无奇：走小径去主屋，你会路过“跟前地”；四面用干石墙围起来的是“育羔田”；最大的一片叫“外野”，作为海岸线的延伸，位于农场海拔最高的地方，这里的牧草一年到头受到海风和浪花的蹂躏，永远长不长。夏天，小羊长到能从育羔田出来，就和妈妈一起被带上来吃草。苏格兰高地牛则在这里过冬，披红皮，顶犄角，恣意奔腾在广袤的天空下。

有些农业历史档案会把一座农场的田地分成两部分：农舍附近适合耕作的地块叫“舍田”；远一点的、未经垦殖的粗放草场叫“外野”，往往是小山坡。在过去的时代，一片外野可能是好几座农场的公共放牧地。它是最边缘的半开化地带，家养牲畜和野生动物共生，人迹罕至，幽灵游荡。在奥克尼民间传说中，名为特

① 1 英里约等于 1.6 千米。

罗[1]的精灵就扎堆住在这样的丘陵谷壑里。夏天，这些神秘的小小山民会从地底下钻出来，闹恶作剧。

二十世纪八十年代的一张老照片上，我骑在父亲肩头，他和母亲正领着一群从英格兰来的朋友参观他们买下的这片形貌荒凉的土地。他们早就想买个农场，一路北寻，终于找到了这个买得起的地方。家人和朋友都大跌眼镜，怀疑他们是不是真的能种出东西来。
当地人也一样，他们见惯了怀揣美好空想的南方人搬 3
到岛上来，结果熬不了几个冬天就铩羽而归。

我在这些悬崖边长大，这让我从不恐高。小时候，父亲带我们在悬崖顶上散步，我总是甩开母亲的手，凑到陆地尽头去看底下打旋的激流。硕大、陡峭的灰色薄层砂岩从四面圈住农场，这种不朽的材料和无情的自然力量构筑了岛屿的界线，也为我定义了世界的界限。

① 特罗，奥克尼群岛和设得兰群岛民间传说中的一种精灵，身材矮小，穿灰衣，只在夜间活动，会趁人类睡着时偷偷潜入室内。看到特罗被认为是不祥的，听到他们的声音却是吉兆。特罗爱好音乐，常会绑架乐手，或者把他们引诱到自己的洞穴里。

从前我们的一只柯利牧羊小犬就从那里坠落。当时它在大风中追逐野兔，没注意脚下地势，就此消失无踪。

今天也是个大风天。我从冰柜后面走出来，多年来头一次向外野走去。深呼吸。农场上没有一棵树，唯有空间阔大无垠。

所有石体都向着大海斜倾。我穿着高筒雨靴，为防打滑，一路踩着岩缝走。大风吹松马尾辫，几缕碎发戳进眼睛，飘进嘴里，被浪花打湿贴在脸上。小时候我也是这样头发蓬乱，跟在牧羊犬后面钻洞翻墙。

我找到了从前最钟情的地方：悬崖最高处的一块看似摇摇欲坠的石板。十几岁时我常来这里，头戴耳机，认真打扮，郁郁眺望地平线，一心想要逃离。我会爬到上面，待在这个“秘密基地”看碎浪翻空，海鸥和战斗机越过海面向远方飞去。

天朗气清的日子，越过彭特兰海峡南望，可以看
4 见苏格兰大陆上的山尖：本霍普山、本洛亚尔山、拉
斯角。外野正西方的地平线上卧着苏尔礁，从前坐落
着全英国最偏远的驻人灯塔。在远海，可以辨出随波
起伏的、测试中的波浪能发电装置。潮退了，在我正

下方的悬崖基部，暗礁浮出水面，十一岁那年，有一艘渔船就是在那里搁了浅。

坐在石板上向北看，是耸立着基奇纳勋爵纪念塔的马威克海岬。一九一六年，英国皇家海军“汉普郡”号在此地西北两英里处被德国潜艇击沉，基奇纳和六百五十五名船员中的六百四十三人殉职。幸存的十二人里，有几个就来到现在是我家的这个农场避难。

幸存者W. M. 菲利普斯是船上的水兵，对那个晚上的悲剧记忆犹新。他回忆“汉普郡”号沉没时的情形，说:“我只来得及脱靴子，身上还是全副武装就跳船了，心里默念‘永别’，一头扎进翻腾的海里。”他爬上一个大救生筏，但它早就超载了。他描述说，那些身上有救生圈的人“被恳求离开”，“大约有十八人响应，他们微笑着说‘谁能第一个上岸，咱们走着瞧’，接着就跳进了巨浪，把唯一的幸存机会让给了船上的战友”。

救生筏上的水手们在海上胆战心惊地漂流了好几个小时，随时可能在礁石上撞得粉身碎骨，好在最终在外野一个名叫内比湾的小峡湾靠了岸。我贴着这段

5 海岸行走，一边想象筏子如同菲利普斯形容的那样“卡在两道峭壁中间，仿佛有一双手把它放到里面”，而当地农户在黑暗中沿着海岸线一路搜寻幸存者，却只见水手们的尸体散落岩间。

在奥克尼，风近乎永不止息。在我家农场，西风是最糟糕的，它裹挟着大海而来，吹得成吨的石头一夜之间挪了地，第二天一早起来，地图都得跟着变样。东风是最曼妙的，它逆着潮水吹，从浪尖上撇去闪闪的浮沫，代以耀眼的金光。岛上佃农的老宅就和奥克尼本地人一样低矮敦实，足以扛住最强的飓风，但这种基因并没有遗传到我身上：我生得又高又瘦。

沿着熟悉的海岸线一路走，我努力稳定情绪。离开这里已经十年多，童年记忆和新近变故同时涌来——是它们把我又带回奥克尼。用力顶开一扇铁丝网门时，我想起自己对袭击者重复的那句话：“我比你强。”

冬天的尾梢，大地是一片黯淡的棕色。外野看上去光秃秃的，可我知道它藏在身后的秘密。枯草丛中一段坍圮的围墙据勘测可以上溯到新石器时代。离这

里六英里远的布罗德盖石圈里，有些石头就来自外野
北边的采石场，有一块差不多的就躺在我们的山坡上，
也许是在四千年前运往石圈的路上被撂下的。我也记 6
得在这里安家的北极燕鸥群，繁殖季节总像轰炸机似
的向我们的脑袋俯冲，近得简直可以摸到翅膀。濒临
灭绝的大黄蜂会在夏天现身，给红三叶草[①]授粉；秋天，
致幻蘑菇从地里冒头；还有一种稀有的岩藻，一年四
季在波涛汹涌的北部海岸生长，是地区特有种。

外野海拔最高处有根海蚀柱，人们叫它“罗得海蚀柱”，或称“斯珀德”。这根高塔状的石头曾经是峭壁的一部分，如今在自然的侵蚀下已然孑立。每到夏天，海鹦就在上面做巢，它们的邻居有暴雪鹱、欧鸬鹚、小黑背银鸥和渡鸦。过去我常常溜下草坡，小心避开兔子洞，爬到峭壁上一块刚好够我容身的侧凸岩架上。从那里观察海蚀柱，视角最好不过了：海鸟家园熙来攘往，暴雪鹱聒噪地护卫自己的窝，海鹦刚刚

---

① 红三叶草（学名 Trifolium pratense L.），又叫红车轴草，蔷薇目豆科车轴草属植物，原产于欧洲中部，是重要的牧草种类，花果期为五月至九月，花紫红至淡红色。

结束一次海上远航。

外野是开放的，没有围栏，无法让羊群远离峭壁。刚开始的时候，父亲得不时爬下山崖营救困在危岩上的母羊，久而久之，羊群渐渐长大，对地形越来越了然于心，步子也越迈越稳，这种生存智慧随着血脉一代代传了下来。

最近下过雨，小溪涨满，潺潺入海。以前我和弟弟汤姆会来这儿玩，轮番把对方和牧羊犬从小石桥上往水里推。蛎鹬和杓鹬在拖拉机的犁沟里筑巢繁衍，我们追着新雏儿跑，把它们拢在手心，抚摸毛茸茸、热乎乎、突突直跳的小身体，然后再放回去。

7 我停下脚步。我还是个孩子的时候，有个邻居就在这里跳下他的新拖拉机，跑去打开前方的门，可是他忘了拉下手刹，就在他背转身去的那一刻，拖拉机自己开动了，一路下坡，无人驾驶，越跑越快。他拼了命去追，还是没赶上，昂贵的新机器就那样势不可当地跌下悬崖，一头栽进大西洋。

向晚时分，我又回到外野和父亲一起去喂高地牛。我挤进拖拉机驾驶室，和小时候一样紧挨着他坐。农场上的每一处坑洼和凸起我都还记得，所以总能适时抓紧扶手。父亲放下装着青草饲料包的车斗，把草料放进环形食槽。牛群围过来。天已经黑了，我待在驾驶室里，看他把装草料的黑色塑料袋割开、扯掉。车前灯打在他身上，他头发几乎全白了。虽然一年到头都穿一身连体工作服，但现在，他已经连手套都不戴了。

外野的一侧被低矮的山丘遮蔽，另一侧靠海，站在特定位置，你看不到任何房屋，也不会被大路上经过的任何人发现。父亲告诉我，躁狂发作时，他曾来这里露宿。长日将尽，我蹲回旧冰柜背后的避风处，卷着烟、看着家畜，心想，终于我还是步了父亲的后尘。

2

Tremors 震颤

9 从外野散步回来，我没有直接进屋，而是去了堆放农机的围场，拉开移动拖车的门。父亲如今住在里面，牧羊犬趴在外头守着他。马从厩里探出脑袋，看看是不是有人来添干草。车厢上额外压了些水泥块，以免被风刮坏，毕竟去年冬天就有一扇窗被大风吹破，眼下就拿一块木板堵着。

车里，父亲还穿着户外工作服，麻绳和折叠小刀随时随地插在口袋里，工作服里面仍旧是母亲当年织的那件套头毛衣，胳膊肘打了补丁还在穿。他在角落里的软垫上临窗而坐，大大的有机玻璃挡板外是人间绝景——横越农田、牧场，跨过海湾，对岸屹立着一道海岬，拜大西洋瞬息万变的气象所赐，天光云影终
10 日变幻莫测。云破日出，海面铺陈万丈黄金。潮水退

场，暗礁现出原形。有时，阳光会将海岬以南的霍伊岛群山细笔勾勒，至于剩下的日子，它们彻底遁形在海雾中。

外面带来的灰尘和父亲吐出的烟圈在一束冬日阳光里起舞。门边放着户外穿的衣服和雨靴，各种与农场经营相关的文书铺满矮桌，煤气炉子发出的光微弱而稳定。拖车另一头是父亲的卧房，牧羊犬就睡在床正下方的车底下，好似一头蜷在洞穴里的狼。

“在高地上感觉到什么了吗？”父亲问。虽然我早有耳闻，但他还是自顾自讲起来。是“震颤”。这片海岸——传说中尘世巨蟒[①]第一次扬名的神话现场，斯卡拉布雷村落先民艰难求生的家园，英国皇家海军“汉普郡”号的葬身之地——守护着它的谜团。

和父亲一样，很多住在奥克尼主岛西海岸的人都说他们时不时会遭遇“震颤”，甚或听见隆隆声。声波

---

① 奥克尼民间传说中邪恶的蛇形海怪，原型是北欧神话中的尘世巨蟒，即诡计之神洛基和女巨人安格尔伯达的第二个儿子耶梦加得。它巨大的身体环绕地球一周，首尾相衔，腐臭的呼吸毒害植物，杀死人和动物。国王发布公告：杀死这头怪物的人可以获得他的王国、女儿和一把魔剑。最后，当地农民的小儿子阿斯帕托打败了它，巨怪的尸体化作海岛。

强到足以让整个岛屿颤抖，又低沉到让人怀疑自己幻听。“几乎听不见，但你感觉得到。”父亲说，“是一种低沉的钝响，好像远处的雷声，震得窗玻璃和搁板格格响。一刹那就过去了，但常常几个钟头里会反复好几次。”当地人说他们觉察到震颤已经很多年，但无法确定是什么原因引起的。也许是地质运动，也许是人类活动，甚至是超自然力量作祟——或者只是一场集体幻觉，什么都不曾真正发生。

11 要想弄明白，就有必要深入研究奥克尼群岛的地形地貌。首先值得关注的是群岛西海岸的地质特征：马威克、耶斯纳比和霍伊岛一带悬崖高耸，近岸遍布海蚀柱和陡峭的岩坡，急流下危机四伏，酿成许多船难。震颤有可能是地底深处岩洞里的波浪作用造成的。一个大浪打进封闭的岩穴，堵住并压缩里面的空气，使得气压骤然升高，随后海浪撤退，气泡炸开，造成闷响。

也有人归咎于军方，认为震颤是因喷气式飞机超声速飞行而产生的。在距离奥克尼群岛约六十英里的苏格兰大陆，部署着拉斯角国防军事基地——部队开展海陆空操练的场所。那里地广人稀，是英国国内为数不多的可以引爆“大家伙”的地方。唯有重型空中武器才有可能把声波送到奥克尼这么远，前提是当日顺风。另外，高速飞行器在执行俯冲轰炸任务时如果降入高密度云层，也有可能发生音爆。然而根据父亲的说法，虽然有时也见到飞机、听到引擎的隆隆声，但这和“震颤”不是一回事，两者并不同时到来。我揣测是不是有其他难以捉摸的神秘力量在起作用。神话中的尘世巨蟒那么大，身体可以环绕世界一周，吐吐信子就能摧毁一座城。一个名叫阿斯帕托的青年整日游手好闲，却幻想拯救世界，有一天机会来临，他把一块燃烧的泥炭塞进巨蟒的肚子，由内而外把它的
肝脏烧了个透。它痛苦地扭动，以头抢地，磕落的几 12
百颗巨齿化作了奥克尼群岛、设得兰群岛和法罗群岛。海怪苟延残喘，抵达世界尽头，蜷成一团死去，还在闷燃的躯干变成了冰岛——这个国家遍布温泉、间歇泉[①]和火山。那肝脏至今还在燃烧，也许它还没有彻底

① 间歇泉，间断喷发的温泉，多分布在火山活动频繁的地区，活跃时每间隔一段时间会向天空喷射沸水，热水柱可高达几十米，并伴有翻滚的水蒸气团。间歇泉是冰岛著名的地质奇观。

死亡，触须尚在海岸下抽搐，震颤是它最后的挣扎。

父亲聊起震颤的时候，我感到一丝紧张。我们的话题通常不会扩展到农场以外——还有哪些活要干，羊群和地里的作物长势如何——听他说起那些神秘体验、地质异象，我开始担心他是不是又要犯病。母亲教过我辨别先兆：起初父亲可能看上去很兴奋，变得乐观昂扬、精神勃发、滔滔不绝，然后很快就会发展成冲动购买高价公羊和农机，彻夜不眠，甚至在凌晨四点跑去赶牲口，接下去是满脑子天马行空，以为自己可以扭转乾坤、呼风唤雨。

拖车地板上摆了一只凳子，记得原来是放在屋里的。那是父亲少年时在精神病院里亲手做的。十五岁那年他第一次被诊断为躁郁症（现在一般称为双相情感障碍），还有精神分裂的倾向。自那以后，他的病情周期性地起起落落。我们的家庭生活就在躁和郁的循环里不时搁浅，摇荡颠簸在两极之间：躁狂发作时，
13 他在骚乱中被捆住手脚押走，接踵而至的是一段时间的住院治疗；抑郁发作时，他躺在床上，死气沉沉，连续数月一言不发。今天父亲的心情还不错，但在其

他日子里如果他一直默不作声，我就担心他那漫长宛如冬眠的低潮期又要来了。

我十一岁时，有一次父亲发病特别厉害。他绕着农舍打转，一扇接一扇砸碎了所有窗户。大风灌进房间，把我书桌上的作业扫了一地。当医生带着镇静剂和警察、救护车一起赶到的时候，我却大吼着让他们滚。父亲只是被某种大于他的东西操纵了……镇静剂开始起效，我们两个蹲在我卧室的角落里，合吃一根香蕉。他说："不愧是我的女儿呐。"

精神疾病如远雷，在我人生的表层以下隆隆作响，又被母亲的宗教极端倾向、我所降生的这片景观放大——海水冲击峭壁的噪音永不停歇、声声入耳。我读过"浅水效应"的释义：渐次升高的海浪到达岸边浅水区时会突然崩解，而能量是守恒的，永远不会消失，穿越大洋奔赴而来的波浪能转化成噪音、热能和震颤，被大地吸收，传导给生长于斯的一代代人。

从少年时代算起，父亲前后一共接受过五十六次电休克治疗。这种疗法把一定量的电流导入大脑，诱导痉挛发作，通常用于最严重的精神疾病。没有人确切地知道其中机理，但事后病人通常反映感觉良好，至少暂时如此。

从我被抛入世界的那一天起，命运的涟漪就已经
14 开始扩散。即使我避走远方，震颤似乎还是追上了我，
它在我愈演愈烈的酗酒和酒后发作的癫痫里，在伦敦
冷清的卧室里，在夜店的盥洗室里。手腕和下颚会突
然僵住，四肢无法动弹。一年年我灌进自己体内的酒
精就像大洋反复拍打峭壁，开始造成器质性损伤。在
我的神经深处，某种东西正在碎裂，一阵一阵强力摇
撼我的身躯，直到我直挺挺地僵住，嘴角流下涎水，
然后它放开我，容我再一次投身灯红酒绿。

3

Flotta 弗洛塔

即使在最明媚的季节，奥克尼群岛上也凉风阵阵， 15
仿佛提醒我们这是一座海岛，虽然本地人把群岛中最大的这一座叫作“本土”，把苏格兰本土及其周边的其他岛屿一概称为“南边”。八月初的农业展览会一结束，夏天也就走到了尽头，至于一年中剩下的日子，强风总是如约而至。秋天转瞬即逝，因为岛上几乎没有树，冬风一下子吹了进来。

十年前的九月，我乘着秋分日的大风[1]回到家，停留了几个月。那时我大学刚毕业，没能顺利在大城市找到工作。也是在这一年，父母离了婚。这没什么

① 英国北部地区的人们习惯性地认为，秋分前后会降下暴风雨，带来灾祸。事实上这是一种谬闻，并没有科学依据。

大不了，很多人都会离婚，但也像很多人一样，我没料到这样的事会发生在自己父母身上，尽管一个躁郁症病人和一个狂热基督徒能在一起这么久，本身也许就足够令人惊奇的了。

我在弗洛塔岛上的原油码头找了份保洁员的工作，
16 每天在破晓时分搭乘休顿码头的通勤渡轮。二十世纪七十年代初以来，输油管道和油轮将原油从北海油田源源不断地输往那里，这种采自海床底下的黑色能源构筑的产业成为奥克尼经济的一针强心剂，给当地就业市场提供了一批薪酬最高的岗位，保洁属于其中的底层。

上下班的路途是这份工作最好的部分。每天，日出时我开车横越主岛，一边收听奥克尼广播电台或低音电子舞曲，一边向地平线飞驰，天边刚刚浮起氤氲的淡粉色，将群岛的轮廓倒映在斯卡帕湾的海水里。傍晚我披着夕阳回家，空中横贯电光红和火烧橙的晚霞，与油港上空燃烧废气释放的火光共为一色，还有漂在远海上的油轮的点点灯盏。

下班后，即使脱下工作服，也脱不掉漂白剂的气味。迎接我的是漫长的夜晚，母亲新近搬出去住，父亲不知去了哪里，只有我独自在我长大成人的房子里消磨时间。悬崖边一栋孤零零的农舍，一个孤独的人在厨房餐桌旁抽烟喝酒。从前我们一家人就在这张桌子上一起吃饭。我做着一份讨厌的工作，家人支离四散，只能啜着父亲的自酿啤酒在午夜打电话找远方的朋友聊天。有时候我会喝掉一整瓶红酒，接着驱车五英里到离家最近的一家还没打烊的商店再续一瓶，第二天照常登上渡轮，戴上耳机，沉湎在宿醉里，愤怒又伤心。

在原油码头，我的工作是给工人打扫卧房，拖干
浴室，清扫走廊，整理床铺。我开始习惯于和各种各
样的污垢打交道：床单上的汗渍看不见但闻得到，风
干的灰泥脚印可以用吸尘器轻松解决，镜子上的牙膏
沫表明刷牙人刷得多么激情四射，窗台上的烟灰则显 17
示某人在禁烟区按捺不住，把头探出窗户偷偷抽烟。
我的上司能精准地判定一坨屎是干是湿，两者需要采
用不同的清理方式。马桶座上经常粘着鬈曲的阴毛。
大多数我打扫过的房间里都有半空的碳酸饮料瓶，地
毯里藏污纳垢，陷着剪下来的手脚指甲。

我感到自己变成了游魂，扛着拖把在无名的过道

里打转，头顶的灯泡嗡嗡作响。“南边”的世界已经彻底忘了我，而我被困在这座岛上，和一袋袋垃圾为伍，费尽九牛二虎之力才把清扫车推过一道道弹簧门。我是长眼睛的墙，对工人们昨晚是不是夜不归宿了如指掌；是模糊的暗影，听见脚步声就唯恐避之不及。回到奥克尼完全是一个失败的决定，对我而言，这份工作不过是为了攒下足够的钱，以供再一次逃离。

十八岁那年，我迫不及待准备离开。农场上的生活肮脏艰苦，收入少得可怜。我想要舒适、鲜亮的未来，渴望成为世界的中心，无法理解为什么有人宣称自己想住在看得到野生动物的乡下。人类比动物有趣多了。每到冬天，我就不得不把自己塞进丑陋的棉袄，去给牲口清理粪便，无比憧憬城市的炙热脉冲。

不过，离开家去城里上学以后，我也常躺在宿舍里回想农场一百五十英亩[①]土地的每一寸，在脑海中将它和市中心的地图交叠。从前一家人连带动物居住

① 1英亩约合4 047平方米，则150英亩约合607 050平方米。

的空间，放到这里要塞好几千人。就拿我住的这栋学 18
生公寓来说，人和人相隔咫尺却互不认识，就在我的上下左右，薄薄的墙壁和天花板背后都睡着一个陌生人，这念头简直让我抓狂。我不太和新朋友谈起奥克尼，但在起风的夜晚，呼啸的风声总让我以为自己还躺在石头农舍里的床上，不禁惦念起屋外天寒地冻中的家畜。

在“南边”，我会毫不迟疑地对别人说“我是苏格兰人”或者“我来自奥克尼”，同样的话在真正的奥克尼人面前却说不出口。虽然我出生在那里，长到18岁才离开，但我没有一丝当地口音。父母都是英格兰人，他们十八岁时相遇在曼彻斯特的大学校园，父亲因为第一次发病耽误了学业，正在重读，母亲则主修商科。父亲出身于兰开夏郡的教师家庭，成长于曼彻斯特郊区，母亲在萨默塞特郡的农场上长大。正是因为造访了她家的农场，父亲才决定学农学。他们在岛上生活了大半辈子，三十多年过去了，仍然被当成英格兰来的“南方佬”。

英格兰人总以为我是苏格兰口音，苏格兰人却觉得我是英格兰腔。奥克尼老话里这样打听一个人的家乡：你“属于”哪里？父母刚搬来时常被这样问候。我也许来自奥克尼，但我常常觉得自己不“属于”这里。在小学生当中，“英国佬”是一句骂人话。

19 我还很小的时候，当地中学唯一的黑人孩子失踪了。他家住在耶斯纳比旁边的悬崖附近。他的弟弟和我们搭同一班校车，那一阵子大人们都聚在校车站台上严肃地交换意见。大约一周后，他的尸体被潮水冲上海滩。以我的校园经验推断，是种族歧视把他逼上了悬崖。

在青春期的我看来，所谓的天堂岛屿奥克尼不过是一出精心布置的阴谋，我并不想参与这场表演。旅游宣传主打自然胜景和悠久历史，没完没了地批量生产美丽的画片，招摇着鬼斧神工的峭壁和斯特罗姆内斯蜿蜒可爱的小街，它们在我眼中无非是无聊的建筑和阴沉的天空。然而，虽然我对奥克尼颇多怨念，但如果有人胆敢对它的魅力有半点质疑，我会立马为它挺身而出。

岛上的年轻人都有相似的切身体会：仿佛被洋流推远又拉近，一次一次，终归我们还是会回到这里，被宿命的潮汐冲上海岸。我生在奥克尼天宇下，既惯于享有广袤的自由，又天然地被禁锢在岛屿和农场的内部。一个休息日，我去了柯克沃尔海港，任凭夹杂着鱼腥和柴油味的海风梳理头发，远方的海上，北方群岛低缓的山脚下灯火星星点点：沙平赛岛、桑迪岛，以及更远处的浮在地平线后的帕帕韦斯特雷岛。自从领略过外面的世界，我在小镇上就显得格格不入，它越发难以让我满足。

少年时代我们总爱装成游客混在旅行团里。世界
文化遗产就在家门口，不该只是观光客凭票参观的景
点。个把小时后，游人散去，我、弟弟和朋友们戴上
无指手套，带着一次性相机爬进新石器时代的石屋和 20
古墓，第二天一早，管理员会在那里发现一堆燃尽的
蜡烛杯和空酒瓶。

我是一个四肢发达、头脑简单的小孩，飞檐走壁，胆大妄为，不是从高高的房梁上扑进干草堆，就是往羊毛袋子上跳。后来纵身投入派对生活，酒精、爱和性，百无禁忌、不计后果地探索极限，对那些发出警告、试图把我从悬崖边缘拽回来的人怒目而视。我的人生一度波涛汹涌，狂风大作，一片狼藉。

在风中长大会让人变得坚韧、顺势，善于找寻避

风处。家里的农舍挂牌出售时我远在外地，父母平分了农场和其他家庭资产。父亲要了农场，购置了一辆移动拖车，不去女友家过夜的日子，就在那里睡。母亲在镇上买了房，几乎再不回农场来。

她曾是农民的妻子，也是农民的女儿，归根结底自己也是农民。除了每天为全家打扫做饭，还要开拖拉机务农、清扫牛棚、修筑篱笆和石墙，反反复复填平农场小道上的坑洼。她和父亲一起做农活，给羊群喂驱虫药，给得了腐蹄病的羊挖除病灶，在大麦播种前清理农田里冒出来的石子。父亲负责剪羊毛，母亲在一旁把它们捆好系紧。离异后，她对农场上的生活朝思暮想。一切已成烟云。

*　　*　　*

21　保洁部全员都是女性，我们打扫的房间里住的却都是男人。女人们整天又洗又刷，拼命工作，回到家还要继续伺候丈夫和孩子。年复一年，日复一日。她们个个都称得上清扫专家。看到我的顶头上司不偏不倚地找到最佳角度，用不重不轻的力量把拖把里的肥皂水拧得恰到好处，我就知道我这辈子都望尘莫及。我认为弗洛塔岛上的石油工人完全有能力自己动手洗衣铺床。

叠好男人们染了色的袜子，扔掉四处乱丢的黄书，刷干净肮脏的厕所。假如我从来没有离开，现在会更快乐吗？假如在岛上找个老同学嫁了，远离网络、与世隔绝地生活，是不是更轻松？假如理想和现实之间没有巨大的鸿沟……我想到母亲，也许她也曾经渴望超越平凡的生活。她发现自己拖着两个孩子，一次次被遗弃在这个陌生岛屿上四面楚歌时，并不比现在的我大多少，而这一切在她头一次分娩的当天就开始了。她是个既能干又充满爱心的女人，却困在悬崖边的农场里，几乎被逼上绝路。

于是她转向了宗教。那时她独自照看农场和两个蹒跚学步的幼童，丈夫远隔山海，关在两百英里开外的精神病院里。一个人应付不了那么多羊，又盼不到丈夫的归期，她不得不把它们全卖了。本以为农场会就此走向末路，但他们终究还是竭力补救了回来。在多重意义上，有很长一段时间是母亲的信仰支撑起了这个家，后来，也成为它分崩离析的重要因素。

22 父亲会说，是现代福音教会找上门来，盯紧母亲，给她洗脑。母亲会说，是教会救了她。而我骑墙难下。我记得父亲住院的时候教会的人来家里帮忙，把我们的客厅装饰一新；父亲只记得他出院回家，家里到处是崭新的《圣经》和宗教书籍，卧室里也不例外。

临近冬至，白昼一天天变短，早晨出门时天光未明，晚上从弗洛塔岛回来已经月黑风高。待到奥克尼漫长阴冷的冬日步入尾声，我整个人已经光彩散尽，委身于阴影。一个下午，我扛着吸尘器爬上一段玻璃台阶，难得地走进一束阳光。四下看了看，没有人，就径直躺在地毯上，让阳光温暖头发。

另一天，上司发现我躲在厕所里哭泣。不是第一次了。她怀着最大的善意劝我走：很显然，这不是我想待的地方。她们帮我支取了最后一个月的薪水，最后一次把我送上通勤渡轮。几天后，我走遍农舍的每一个房间，默念再见，然后挎上背包，带着一张前往伦敦的单程票，转身离开。

4

London Fields 伦敦郊野公园

对我而言，五月蕴含着特别的能量，充满转机和 23
可能：我生于五月，“五月”（May）也是我的中间名。空气中洋溢着躁动的新鲜感：我剪了短发，早上六点起床冲凉，画画，穿上奇装异服，打扮一新，出门找工作和胡闹。有了新的对象供我坠入爱河，我的周身也闪闪发光，引人瞩目。我不再需要那么多睡眠和食物，酒倒是喝得更多了，身体感觉如此舒畅，我可以大步流星横穿整座城市。这是一段迫切打开新天地的日子，我对自己说准备好了，拉上靴子蓄势待发，兴奋，又不安。

我们把眼下进行的这项活动称为“野餐”，其实没有人是冲着食物去的——不过是几桶从街角小店买来的蘸酱薯片，在太阳下面晒得发脆，加上一篮樱桃番茄。我们一群人围坐在一条彩虹条纹毯上，享受这一年第一个真正的热天，阳光照在光脚上，那么奢侈。我把手伸到长裙底下，上下来回抚摸自己的腿。

24 在伦敦，通勤和交通成本高、房租贵，想和朋友见面很费劲，一个人容易落单，有必要以新的形式组建自己的小团体。每个晴朗的周末，在附近的伦敦郊野公园里，自视为酷孩子的年轻人不约而同地聚集在离酒吧、自动贩卖机和提款机不远的一小块脏兮兮的草坪上，仿佛有一条不成文的规定让我们跟游乐园那边的拖家带口族和遛狗党刻意拉开距离。

在这里，远郊卧室里的白日梦、时尚杂志里才有的画面照进了现实。耳机里轰鸣着电子乐，我穿过懒洋洋地躺在草地上的哥特舞女和都市水手，寻找朋友们的身影。每个女孩都在造型上费尽心思：复刻二十世纪五十年代家庭主妇范儿的，一身方格纹连衣裙，系头巾；走八十年代健美操教练路线的，全套紧身衣裤；还有一群颇具贵族风范的嬉皮女郎。男生有的打扮成六十年代衣冠楚楚的摩登派青年、潇洒不羁的滑板少年，也有的走伐木工装风，只是那身板未免太单薄。奥克尼从来不会有这么热的天。我仿佛置身异国。

一搬到伦敦，我就全身心投入了这座城市。来时急切，除了莫名的自信，其实对一切都没底。每周有几个晚上我会跳上巴士，去城西的苏豪区或是东边的肖迪奇探访杂志上写过的夜店[①]。我把浅色眉毛染红，用剪刀在连衣裙后背绞出时下流行的破洞，然后抄上一瓶酒，下楼去巴士站台。来的第一年我认识了许多人，在等待乐队上台的间隙认出网络论坛上的大博主，也不忘见缝插针地自我介绍说：“我是刚来的南漂，手头紧，可以给你的博客写写东西吗？”或者说：“我在社交软件上碰到过你！”“我读过你的网络专栏！”

野餐小团体中终于有人提议去买酒，我松了口气。 25
一张张钞票朝他们伸去，有的要西打酒，有的要红酒。不去的人原地等待，女生把雏菊串成手串，互相编织发辫，男孩轮流跨上单车去兜风。我们只是一帮大孩子，鲁莽地寻找快乐，离成为成熟的大人还很远。我们发信息拉来更多人加入下一次聚会，许诺一定会比这次更有意思。事实上，每个周末都比上一个更混乱。

① 夜店（club）是英国夜生活和酒吧文化的重要组成部分，与更为传统的酒吧（pub、bar）不同，入场收取一定费用，主打现场动感的音乐演出和蹦迪氛围，因而也是有志于进入音乐评论圈的作者的必到之地。

我们漫无目的地东奔西跑，把手头的钱无计划地挥霍在打车和买醉上。

眼下旁边坐着一圈夜店族①，其中一个戴着狮子头套。他们显然昨晚熬通宵了，但仍然又笑又闹地在给彼此照相。

我们聊各种工作机会、实习转正的可能，嘴里故作内行地往外蹦着时装设计师、杂志社、唱片公司的名字。一个身穿十八世纪贵族似的紧身连裤袜的男生大声抱怨说，自己的项目预算只有一万英镑。我们就像置身于狂欢节的最后一天，而这一天漫无止境。有个家伙告诉电话那头：“在这儿准能大赚一笔。”

日头渐渐西斜，我们也随着阳光的脚步挪移位置，直到所有人最后都挤在草坪一角，上面已经遍布烟屁股和空罐子。近旁的人行道上，几个摆摊的男人从薄薄的蓝色塑料袋里掏出拉格啤酒来喝，卖的却尽是些稀奇古怪的东西：一台粉色的塑料电话机和一本讲瑞
26 士奶酪火锅的烹饪书，一双儿童旱冰鞋和一只没有盖

① 夜店族（club kids），二十世纪八十年代兴起于纽约的青年亚文化族群，以夸张的服饰和张扬的举止为标志。

的茶壶。只要找对人，什么都买得到。

这天是格洛丽亚生日，有人带了瓶“礼花”来。小孩子的玩意儿。大伙起初不屑一顾，但还是大口就着桃红起泡酒，轮流传递起来。

梅格穿了一件绕颈式吊带上衣，搭配超短裤、洛丽塔心形墨镜，一只脚勾着男朋友的腿，身子往另一个方向斜倚着。一个不顾热浪、西装革履的男人走上来，表示想给她照张相，“发在街拍网站上的”。她摆出一副臭脸，但还是答应了，端起模特的专业架势。

一群夫妇推着婴儿车路过，堪比外星物种。梅格提醒我们别太放肆。“可我不想那么正常。”格洛丽亚抱怨道。她穿着一身鲜亮的绿松石色连体裤。梅格把用来调酒的蜂蜜抹在自己纤细的脚踝上，蚂蚁攀着坡跟凉鞋开始往上爬，格洛丽亚在一旁从瓶子里往它们身上吹泡泡。我们醉意蒙眬地注视着这些小生物奔赴它们甜蜜的末日，有人说这太残忍，但梅格坚持认为它们很享受。那么美的姑娘，我真想帮她都抖掉。

买酒的间隔时间越来越短，尖叫声越来越大，瓶子四处传递，有人，很可能就是我，把它掉到地上，里面的东西洒在彩虹毯子上。我们集体凑过去，像极

了槽里拱食的一群猪，身子贴地，两蹄朝天。又愚蠢，
又可悲，又有趣。我顺势翻身仰躺，望向天空。地平
27 线歪向一侧，我身上披着温暖的光，和朋友们一起飞
翔，防晒霜和涂了防晒霜的四肢和上面的蜂蜜以及蚂
蚁都黏糊糊甜蜜蜜，太阳照得人目眩神迷。从来没这
么陶醉过。

夕阳西下，人群紧缩成一团。夹着烟的手指无精打采地垂落在脚踝边。阴影中，有人眼眸低垂，暗暗瞥视草坪，与此同时，醉鬼的幻梦在两架飞机长长尾迹的交点上绽开。我的脚尖触到男子两天未打理的胡茬，我注意到他肩上的擦伤，心中一阵蠢动。

晚些时候的仓库派对上，我和朋友走散了。但我并不介意独自一人。一袭长裙，长发高高束起，扎得紧紧的，端着酒，踩着鼓点，感到自己凌驾于世界之上，无限接近自我。穿行在人群里，雪肩红唇，烟燃烧在指间，赚足回头率。

我看到场地里有面熟的人，左右逢源的感觉真好。这里，每个人都有自己的“事业”——做音乐、开夜店、设计服装——只是都还不足以养活自己，也都觉得五

年后能打开一片天。

一帮艺校毕业生就住在这个改造过的旧仓库里，
大约三十人，晚上睡花园里的棚屋，平时利用这个层
高挑高的空间制作音乐录影带和实验电影。在迪斯科
舞曲躁起来之前，他们就着酒，指点夜店江湖。许多
俱乐部开张没多久就夭折了，倒闭后人们却又开始念 28
起它们的好。吹毛求疵是品位不凡和眼光过人的标志。

仓库常被他们用作影片中时髦派对戏的取景地，这让房东觉得自己有资格提高一下租金，结果导致这群租户不得不搬家，以后这里也办不成时髦派对了。这晚的派对就是庆祝他们卷铺盖走人的。我们总是在庆祝。一个从斯堪的纳维亚来的游客没搞明白自己误闯了什么地方，为什么每个人都在见鬼地狂喝一气。“你们不能永远跳舞跳个不停。”他说。我不明白他想说什么。

从仓库出来，我独自在人行道上散步，臂弯里挽着夹克，手上抓着啤酒瓶。夜晚的空气摩擦裸露的肌肤，令人愉悦。我精疲力尽，但还想要更多。我想和这座城市肌肤相亲，想把每条街道吸入体内。我蹬着磨破的靴子，走得比巴士还快，呼吸急促，双颊刺痛。我紧咬嘴唇，想把整个世界吞下去，脸、唇、胸口、

下身烧得厉害。我弹开烟盒和打火机，又点了一支烟，跟着闷了一大口酒，感到它顺着食管一路流下。我用力深呼吸，以便让氧气更快分解酒精，接着又闷了一口烟，让它充盈整个胸腔，让每一刻的摄取量最大化。

我在伦敦城里穿行了那么久，自己也不知道到了哪儿。向有光的地方去，向城市的最高点去。我跟从内心那个需索着悬崖峭壁的我，想要去比建筑物更高的地方，那里的空气更纯净。

* * *

29 回到家，我敞开窗户躺在床上。瓶底还剩些酒，我听着悲伤的歌，点开网上奥克尼无人岛的页面。夜晚的空气尚留一丝余温，头发吸饱了烟味，身上脏兮兮的。窗外一阵喧响，有人往垃圾桶里丢夜宵外卖盒，喝得东倒西歪的人们乘的巴士到站了。

公寓门前就是高架铁路和一个乌烟瘴气的十字路口。每当装载了大功率音箱的汽车停下等红灯，整栋楼都会随着低音贝斯的节拍震颤。虽然大海远在一百英里之外，住在这一带的小孩可能连海都没有见过，但竟然有海鸥鸣噪盘旋，有一次我甚至看到一只海鸥叼着一瓣特里牌橙味巧克力果。

我的卧室位于公寓楼背阴面，能俯瞰酒吧的啤酒花园。这家酒吧常年在其他夜店关门后的深宵营业，因而成为酒鬼和黑帮流连的良港，在哈克尼区最为臭名昭著。但这反而吸引了更多新近搬到附近的二十出头的年轻人，他们大多租住在商铺楼上、市政疏于管理的公寓里，原本的住户多是土生土长的伦敦东区人，后来来了孟加拉移民，如今他们先后搬走，往东到伦敦和埃塞克斯的交界地带去寻找更舒适的生活了。

这晚正值酒吧每周的卡拉OK之夜，一首首激情四溢、荒腔走板的《野马萨莉》《我的路》[①]搅扰了我的睡眠。有人唱得认真，有人故意搞笑，然而区别不大，因为他们都已经醉得不成样子了。鬼哭狼嚎夹杂着浪笑和吵架声从啤酒花园飘进我的房间。虽然名为“花

①《野马萨莉》（*Mustang Sally*），二十世纪影响力巨大的美国歌手威尔逊·皮克特于一九六六年发行的一首布鲁斯风格歌曲，歌词讲的是一名驾驶野马汽车的女子狂野不羁的生活。《我的路》（*My Way*），美国著名歌手弗兰克·辛纳屈于一九六九年发行的经典抒情老歌，以一个老人的视角在生命的终点回顾自己的一生。

园”，其实除了烟灰缸和印着拉格啤酒广告的遮阳伞外别无他物。没有半点土壤，没有一棵绿植。

30 地平线附近的天空渐次从黑变蓝，然后透出晨曦的橙黄。邻居家的冰箱想必是坏了，他们把汤力水和冻肉都晾在窗台上。街对面新建的办公楼彻夜通明，内里却空空如也。徒然耸立的烟囱遗忘了自己存在的意义，它所属的厂房如今是艺术生们的栖息地，破晓前，一盏盏床头灯暗下，一台台笔记本合上——一英亩空间里纠集着一百个设了密码的无线网络，一千具身体把钱包护在裆前，沉入梦乡。

早晨，只凭马路上的噪声我就能判断时间。这会儿还能听见清真寺的唤拜声。闹钟响了几秒，苏醒的刹那我仿佛飘浮于虚空，躯体消蚀，意识消失，却并不感到惊慌失措，直到回过神来。

我租住的这栋公寓，房客换了一拨又一拨，很难记住现在的邻居是什么人、做什么工作——如果他们有工作的话。最近，白天待在屋里的人似乎变多了，信箱里总是塞满催缴水电税费的邮件和其他各种待付账单。在伦敦，你不愁找不到旗鼓相当的人物。无论你是老家迪厅里最酷炫的仔，还是小镇上最杰出的做题家，到了这里总有人更胜一筹。只要嗅到一丁点好东西，像是实习岗位或者一个不错的周末派对演出，人人闻风而动。我们选择了不确定性，选择蜗居一隅，以博取成功的可能和激动人心的前程。

一个室友是搞音乐的，平日在酒吧做服务生，偶然
在厨房撞见，我们也会聊上一嘴，比如最近有什么好消 31
息，收到了哪家经纪人的电邮邀约，尽管很难判断到底是真伯乐还是“杀猪盘”。昨夜舞池里穿比基尼上阵的“埃及艳后”，第二天一早戴上眼镜端坐在保险公司的前台划拉网页，一位脱衣舞娘会在不上班的日子里到电音俱乐部打碟，我则在伦敦另一头的市政停车管理部门做临时工，在各种电子报表的掩护下偷偷写音乐评论。

公寓楼下杂货店的阿富汗老板也许是最清楚我每天喝得有多凶的人。随着时间推移，我光顾得越来越勤。店堂里总是很暗，光线被橱窗上花花绿绿的星形促销海报阻挡，店门外每天都有同一个男人在乞讨，讨要几块钱、一根烟，甚或一个拥抱：“亲爱的，亲爱的，给几个零钱吧，亲爱的。”隔天，只见他醉眼游弋，根本认不出我来。

还在奥克尼老家时，朋友海尔加告诉我，劳赛岛西边有一个时有时无的神秘岛叫作赫瑟布莱瑟[1]。有当地人声称见过它，却从未有人涉足。

传说从前劳赛岛上有个女孩失踪，一段时间搜寻无果，人们都当她已经死了。几年后，女孩的父亲和兄弟出海打渔，船只迷失在一团云雾中，最后在一个陌生而美丽的岛屿靠了岸。他们遇见了已经长大成人
32 的女孩。她告诉他们这就是赫瑟布莱瑟，她和岛上的男子成了婚、安了家。她交给他们一根木桩，说这能帮助他们再次来这里，但在回劳赛岛的路上，它掉进海里不见了。

这个故事有很多种版本，正如奥克尼神话中有各种各样虚幻或神隐的岛，比如带魔法的希尔达兰[2]，也

---

① 原文为“Hether Blether”，“Blether”在苏格兰方言中有喋喋不休地胡说之意。

② 希尔达兰（Hildaland）意为“隐藏之地”，在传说中是一个天堂般的小岛，时而在水下，时而浮出，被魔法之雾环绕，是海中鲛人度夏之所，冬天它们则会回到海底的辉煌宫殿里。鲛人善于变形，经常伪装成渔夫、海洋动植物甚至一块漂在海上的布，来接近并绑架年轻的人类男女做自己的配偶，以使自己永葆青春。鲛人酷嗜白银，如果被它们盯上，你可以把身上的银子丢出去吸引它们的注意力，赢得逃跑的时间。

就是今天我们称为艾因哈罗[①]的那个小岛。其他地方也有类似的传说，故事背景里往往有浓密的海雾。在奥克尼群岛，形如海岸的雾墙倏忽浮现、稍纵即逝，也许神话就是这么来的。

岛屿消失事件如今仍时有发生。去年，一群地质学家乘坐一艘澳大利亚勘探船抵达南太平洋，实地考察并验证了地图（包括谷歌地图）上标记为“桑迪岛”的地方事实上什么也没有。桑迪岛的网络页面现在说它是一座“非存续状态的岛”，无法找到。地图绘制者回应称，珊瑚海海域广大，这座“幽灵岛”有可能是当初定位时出了错，说不定它会在附近“现形”。但也许它根本没有存在过，只是画地图的人开了个玩笑，或者是给地图抄袭者们留了一个小测验。

这个世界上有海藻交缠而成的岛、塑料积聚而成的岛、垃圾和其他人类废弃物堆砌而成的岛。火山爆

① 艾因哈罗岛（Eynhallow）位于奥克尼主岛和劳赛岛之间，“艾因哈罗”之名源自一个来自艾维的农民，他为报夺妻之仇，在霍伊岛女巫传授的法术加持下破除鲛人魔咒，从它们手中夺下了这个小岛，令它从此为世人所见。

发后，岛状的火山浮石[1]随洋流漂移，几十年不散。还有海鸟扎堆构成的流动之岛，冬季的那几个月份，它们远离陆地，成群漂在海上。

赫瑟布莱瑟至今仍被魔法笼罩，极少向世人揭开
33 面纱。有人说它只在闰年现身，万一你有幸得见，就
要用双眼死死盯住，握紧手中的舵，径直朝它驶去。如果你成功登陆，就能打破魔咒，把赫瑟布莱瑟解放出来，从此变成人人可见的人间岛屿。

我坐船离开奥克尼的那一天，海上大雾弥漫。踏上英国本土就像闯入另一个世界，我不仅跨越了大海构筑的边境线，也突入了幻境的结界。我出身小岛，伦敦是我的奇幻地，伦敦郊野公园是我的赫瑟布莱瑟。我仿佛中了魔，日渐耽溺于这种镜花水月的生活方式，在夏日公园里与一群美丽的年轻人同行，沉醉于派对之夜。我并不希望魔咒被打破，也不想穿透层层海雾，找到回家的路。

---

① 火山喷发时伴随着大量气体，岩浆急速冷却后即形成内含许多细密小孔的火山浮石，它们质量很轻，可以浮于水上。

5

Nightbike 夜巡

他看见我的第一眼，我正在往电话亭顶上爬。一 35
个从伦敦南边来的说唱组合在金士兰路上的一间空置商铺里举办小型演出，人群把他们团团围在中央，我在外围看热闹。有个模特穿了一身鸭子道具服混在观众里，嘴唇噘得高高的。我还注意到一个少年感十足的美国人，眼睛里闪着淘气的光。事后，我坐在人行道上，告诉路过的人们我即将出发去海滩。我能感受到“震颤”在召唤。

那晚我们没有交集，不过后来我在网上看到他的文章里写到了我。他有点担心，又觉得有趣。这勾起了我的好奇心，于是在下个周末去了他肯定会现身的那个俱乐部。我径直上前打招呼，故意轻轻碰了碰他的手臂。我在他放大的黑色瞳仁中看见了自己的影子。

黑色的欲望洪流。他开口说话时，我的皮肤都有了反应。

36 听说一个法国双人DJ组合要在某家庭派对上露一手，我们打了辆出租车一起去。如此水到渠成，我们坐在门前的台阶上亲吻。朋友离开时，我让他们放心留我下来和他再待一会儿。最后是一起散步回我公寓的，走得我靴子底都掉了。虽然那一晚的记忆早已模糊，但我清晰地记得彼此共度的下一个周末，以及接下来的一连十个夜晚，暴风雨过境，透过他卧室的窗，我们俯瞰闪电和雷鸣攫住整个伦敦。

城市里划破摩天大楼上空的闪电和奥克尼农场上的截然不同，后者直劈海面，有时造成停电和电话断线。有报道说，在奥克尼主岛西部还出现过侵入室内的球状闪电，我们又叫它“圣埃尔莫之火”[①]。

我怀着焦渴寻找我们的心灵交集，琢磨他眼中闪烁的谜题，环抱他，笑着呼唤他的名字。每次见面都让我心跳加速。清晨我面带微笑，踩着单车穿过达尔

① 圣埃尔莫（St Elmo）是水手的守护神，球状闪电因其在海上可以预警雷击而被称为“圣埃尔莫之火”(St Elmo’s Fire)。

斯顿和哈克尼区去上班，一整天我们不停互发短信，直到迫不及待地再相见时才收手。

散步时，他会把我领到出人意料的路线上走街串巷。有时早上醒来，他看上去就像一只从冬眠中苏醒的刺猬。他在冷热和其他许多方面都很敏感，喜欢在街上沐风骑行，总是把脚伸出羽绒被降温。我们向对方描述自己的所来之处，他会从专业角度恰切地解释他的工作要做些什么。和哈克尼的大多数时髦青年不同，他有正经工作。他是有后路的人。

刚开始交往的那几周里，我在去他家的途中拐进
酒吧，几杯下肚之后写下一封信，坦陈有多害怕酒精 37
插足我们之间。虽然小事上总是开诚布公，但当我不在他身边的时候，隔阂便不可避免地暴露。我会喝到两眼发直地回来，他则充满耐心地面对我的眼泪和头脑里的一片空白。

我们的生活是一戳就破的泡沫。某天凌晨两点，在达尔斯顿他的卧室里，我对他说此刻如此幸福，我一辈子都不愿意忘记。交往六个月后，我们一起搬进了哈克尼路一家书商楼上的一居室公寓，即使还没见过家长。

工作日的夜晚和周末，公园里的聚会越来越频繁，人也越来越多。我们简直成了宇宙中心，就像在伦敦这一片掀起了酷孩子的“淘金热”，每个人都生怕自己落在后面。认识他以后，我也带他去，当着朋友的面秀恩爱。如今回看当时的照片，我们把彼此搂得那么紧，四肢交缠，十指紧扣，根本顾不上看镜头。

我说过我永远不要再回奥克尼。我不回家里的电话，不看来信。农舍挂牌出售，我一点都不关心。弟弟也离开了，跟随我的脚步出来上大学。母亲和她的信仰让我恼火，还有父亲和他女朋友的事，几年前他们就在外面好上了。但有时，空气中的某种气味会尖锐地提醒我，我身处英格兰，这个树木葱茏、红砖墙
38 砌成天际线的地方不是我的家。我渴望奥克尼开阔的天空和灰色的岩石。我思念杓鹬、蛎鹬，甚至小黑背银鸥。有时走在贝斯纳绿地大道上，我会惊异地发现泪水正静静顺着自己的脸庞滚落。

在岛上，我拥有自己的一席之地，生活安稳，一眼望得到头，而我只想逃离。现在，我把自己连根拔起，投入都市的洪流，这不赖任何人。在伦敦，你无

法仔细端详每一张擦肩而过的面孔，可我想和这一切亲密接触。我目不转睛地看。面对这样庞大的城市，你几乎不可能留下印记，但我打算试一试。

我开始喝酒的时候，年纪已经不算小了，大概十五六岁。那是在农产品拍卖市场里举办的青少年派对和舞会上，就在待价而沽的牛儿们临时落脚的棚子里。我喜欢看平时在学校里笨拙而拘谨的同学、朋友敞开自己，不受约束。不知不觉，我总是那个把喝剩的半瓶伏特加带回去私享的人。我爱喝、爱闹、爱拿着相机到处拍，也时常狼狈收场——大哭大叫，撒泼发疯，搞得父母都被叫来。我只想体验万物，任何规则都不足以缚住我的手脚。

青少年时代，我和朋友们吞过田野里摘的致幻蘑
菇，然后跑到港口小镇上转悠，在墓地里穿梭。中途
我跑去啃大教堂，把嘴唇贴在红色石柱上亲吻，完了
又驱车二十英里赶回农场，在路上停下来等一个压根 39
儿不存在的红灯。到家第一件事就是匆匆打开笔记本，
用潦草的字迹记下正在褪去的幻觉。

第一次离家去上大学时，我嗜酒的程度在学生当

中尚属正常，宿醉也没那么糟糕。然而，就像学校组织的野营对于整天在农场爬屋顶、翻海崖的我来说太小儿科一样，学生会之类的活动实在乏味透顶，于是我另外找到了组织，经常带着弟弟去迷幻俱乐部和户外派对。为了平衡作息，周末我才会醉生梦死，周一到周五照常读书写论文——写到结尾时往往已经手揽酒瓶。于是，一年比一年陷得更深。身边的人都开始与酒精、派对渐行渐远，我却反其道而行，哪怕独自狂欢。

在伦敦，时光飞逝。一步没踏出周边的小圈子，几个月过去了；等待着周末来临，等待着文章被发表，等待着宿醉退去，几年过去了——只留下混沌残影。酒精攫住了我。别人都在努力工作，为准备下一个电话面试推掉夜晚的派对邀约，而我一边接电话一边喝空手里的啤酒罐，一边轻手轻脚又拉开一听，对着听筒那边大谈未竟的壮志雄心。

有张照片是在我没有意识到的情形下拍的，他说我看上去总是那样：一脸无以名状的、无法满足的忧伤。

又一条陌生的巴士通勤路线，又一份新的临时工

作。我怀疑自己是不是还有可能稳定自在地生活，又
或者，是不是有可能永远在崭新的日光下闪耀。我恍
惚了一整天，脑海中字句盘旋。夜晚，双脚抵在墙上，
我感到身体不断下坠。在生活的细微之处，的确有突
如其来的幸福，有狂野奔放的欣快，它们包围我、悦
纳我，让我觉得自己交了好运，却从来无法把它们牢 40
牢掌握在手中。又一个宿醉的周日，躺在床上，紧裹
毯子，脸上隔夜的妆油腻腻的，揉进眼睛，谁家的门
砰地关上；与此同时，遥远的北地，海浪在黑暗中无
尽翻卷，极光映亮天穹。

如果没有喝到足以昏睡过去，有时我会在凌晨两三点溜出我们的公寓，扛着自行车摸黑走下狭窄的楼梯，贴着墙蹭到街面上。在室内污浊的暖气和体臭里闷了一天，夜晚的空气分外凉爽，让脑内变得一样清明。

只要跨上单车，悲伤便一扫而空。不开车头灯，不戴头盔，方圆五英里的每一处二十四小时酒水铺和派对场地都装在心里，它们就像这座城市沙漠里的绿洲，荧荧点点。

我在红灯前停下，脚蹬住踏板，蓄足马力准备冲刺，蹬过街角，扑入轻风。从哈克尼路斜刺里进入贝斯纳绿地——一路上只有我、孤单的出租车和夜班巴士。一只被我惊到的猫窜到还没干透的水泥地上，永远地留下一串脚印。

运河让眼前的城市豁然开朗。从没见水位这么低过，河床里除了常见的易拉罐和塑料袋，还露出一台数码相机、一把锯子、几个橘子和一辆竞技式小轮自行车。我加速飞驰，虫子和树枝打在身上。黑色的水面漂着一只浮肿的死狐狸。

41 五月，生日当天，我在车座底下系了一大串彩色气球，前筐装一捧鲜花，从办公室出发一路直线骑行，穿过伦敦桥、老城、肖迪奇，沿着哈克尼路回到我们的公寓，告诉他我被炒了鱿鱼。晚高峰时段，温热的车辆尾气扑面而来，堵在路上的货车司机们大声嚷嚷、猛拍喇叭。但在午夜骑行是那么轻捷流畅。

骑车的时候我试着不去想那些丢掉的工作和所有的失意。黎明前的空气暖和起来，货车车厢里满载新一天的报纸和塑封的袋装面包。一路绿灯，巴士站台上一个戴着大礼帽的帅气男孩正在醒酒。头顶的治安巡逻直升机嗡嗡响，目标并不是我。我在破晓中努力大口把晨光吸进肺里，并意识到自己异常想念天空。

继续骑下去，追逐逃离的感觉。这感觉似曾相识，就像十几岁时的一个月圆之夜。海面上银光闪闪，诱我出了屋子走向海滩。根本不需要手电，路面上小水坑里倒映的月亮是我的指路明灯。潮水高涨，盈满海湾。我躲在沙丘背后的避风处，抬头凝望无瑕的满月，月光揽住波涛，筑成一条闪光的小道，通向海的彼端。回望农场，黑黢黢的岛屿也被月光笼罩，除此之外，只有星光、窗户里透出的朦胧安适的灯火和打火机的一豆火苗——然后变成了我烟头的星火。回农场的路上，雁群在月光照亮的云朵下飞过，投下纷纷的剪影。

* * *

一个温热的夜晚，我心血来潮，想骑到汉普斯特 42
德荒野看日出。在运河边的小路上，我蹬得太快了，
以至于在急转弯通过桥洞的一刻失去控制，被甩了出
去。只感到脸颊拍击水面，单车压着我一起下沉。在

水底慢动作扑腾了几秒，我终于浮起，拖着湿透的身子爬上岸，躺在那里像一条出水的鱼似的翕动着，右脚的鞋掉在漆黑的水里不见了。

我把单车从运河里拖出来，捞起日记本，挤出里面的水。推着车，光着一只脚，我伤痕累累，哭着回到他身边。不久后，他的忍耐终于到了尽头。

6

Flitting 迁徙

有这么一种说法：在伦敦，你要么在找工作，要 43
么在找房子，要么在找爱情。没想到，我会如此干净利落地同时失去这三者。

我是哭着醒来的。那天是五月一日，本该怀揣希望迎接新的月份，然而午夜某种黑暗的东西潜入房间，钻进梦里。虽然早就预示了会有这么一天，但没想到是这一天。他背着我请了一天假，整理打包了他的私人物品，把他的餐具、书籍、衣物和我的分开，也解开了我们整整两年的羁绊。等我下班到家时，屋里只剩下我的东西，原本属于他的地方只留下一层灰。

他离开以后，我独自在公寓又住了一周，白天面无表情地在办公室里煎熬着。公司已经通知要辞退我，离职日就快到了。卧室被我毁得不成样子——家具粗

44 暴地挪动了位置，墙上涂满心碎的诗行，书和照片丢弃一地。很快，我一个人就住不起这里了。

我拿起苹果往墙上狠狠砸，任它掉在地板上腐烂，直到他来替入住的新租客打扫干净房间。作为告别，他最后一次允许我用透明胶带粘下他的胸毛，贴在我的日记本里。它们曾与我汗湿的小腹亲密无间。

他是个有后路的人，他全身而退。他从没打算和那个爬到电话亭顶上的野姑娘深入交往到这个地步，是我缠着他不放，就像从洗衣机里拽出连袜裤。

初识时我们都醉了，后来也一起喝过酒，但不知从什么时候起就不再这么做。我们不会以酒佐餐，如果我醉了，他就不会再碰我。有一次他加班到深夜，回到家发现我醉倒在地板上。他从我手里夺走酒杯，把剩酒倒进水池，而我哭喊着说我没有犯错，我有喝酒的权利。他只在出去见朋友时才小酌几杯，而我总是躲开他和其他所有人偷偷喝。我反复纵容自己。如果被他听见我出门买酒的动静，我就装作家里只备了一瓶。

渐渐地，我们不再望向彼此的眼睛。我榨干了他身上最后的爱情。

那个五月是我到那时为止的人生中最悲惨的一个
月：工作时间在办公室里癫痫发作，一群同事围着我
束手无策；单是午休时段，我就要抽掉九支烟；我沉 45
溺于手机和疯狂购物，在达尔斯顿购物中心买了亮黄
色紧身牛仔裤，但小得穿不进去，在美发沙龙染了睫
毛又不幸过敏；以及，参加了四次面试，四次都被判
出局。

我记得自己在时髦酒店的套房里对着瓶口吹高档伏特加，随后在巴士站台上昏睡，还有一次穿着丝质礼服试图翻越栅栏，最后被人怒气冲冲地拽下来，抓着脚踝在光滑的地板上一路拖着走。我也曾尝试参加匿名戒酒会，却误入“灵修工作坊”，周围全是中年妇女，人人穿着裙边缝了铃铛的长裙。

我和母亲去西班牙南方待了八天，指望艳阳能把潮湿的心情晒干，可我无法抑制自己徒劳地用红笔在日记本上一页接一页填满悲戚，心不在焉地泡在安达卢西亚的酒吧里，喝一欧元一瓶的廉价啤酒，看屏幕上的欧洲歌唱大赛，以为自己和旁人聊得热络，其实并不会说西班牙语。

回来以后，为了打发漫长的下午，我把失业金贸

然花在咖啡厅和时政杂志上。我独占一张桌子，把文件、笔记本、手机逐一摊开，然后叫来服务员点一份土耳其炖菜，仿佛手头忙得停不下来。邻桌坐了六个沉默的女人，生无可恋地嚼着油炸食品，头上都戴着兔耳朵。

我盲目地在网上搜寻着并不存在的出路。我背上满满一背包的迷茫，漫无目的地在伦敦东区骑车巡行。我吃得越来越少，喝得越来越多。

* * *

46 在奥克尼方言中，“迁徙”是搬家的意思。人们说起这个词时，言语间往往带着几分不能苟同或怜悯的色彩，比如那对缺心眼儿的英格兰夫妇，到哪儿都安定不下来，一家人因为缺钱只能“迁”个不停。就像我，始终迁徙于伦敦各处，精疲力尽，从来没法把这当作什么人生转机。我只想神不知鬼不觉地搬走，从一道阴影滑进下一道阴影。

我把自己的全部家当打包存进公共储物柜，然后去达尔斯顿找弟弟汤姆，在他和他女友家暂时落脚。

他帮我搬了行李，面对我深不可及的创痛和加速脱轨的言行，却爱莫能助。

汤姆比我小一年零八个月。刚会走路那会儿，我们总是双双被父母套上夹克和雨靴，往拖拉机驾驶室里一放，然后他们就开始干农活。长大些以后，我们在干草棚的屋檐下、草料包的上面捣鼓了一个秘密据点，那里的空气闻上去甜甜的，带着一股尘土味儿，说不准什么时候会突然窜出老鼠。我们也会去大麦仓库里玩耍，堆成小山的麦子如流沙。夏日则结伴和朋友去礁石环绕的潮汐潭里游泳，海水沁凉。我们用奶瓶喂饱失去妈妈的孤儿小羊羔，将其放回羊群。它们看上去多少还是和别的羊有点不一样，瘦瘦小小的，骨肉不那么均匀。

到了剪羊毛的时节，大人们就地搭起临时大棚，里边还有一个半像拖车、半像渔船驾驶舱的小木屋，我们爬到屋顶上，往鼓鼓囊囊、又柔软又油滑的羊毛袋上跳。到了青春期那会儿，我常常吼他，让他滚出我的房间，但我们也不时一起骑马去斯凯尔湾，在海滩上踏浪驰骋，任由斯卡拉布雷的观光客朝我们咔咔按快门。汤姆模仿别人惟妙惟肖，而我完全没有这天

47 赋，所以总喜欢叫他扮演奥克尼本地人，比如那个坏脾气的小学校车司机，他不仅精于猎兔，业余还经营一家屠宰场；还有学校的那位食堂阿姨，她老是冲我们喊“慢慢吃，有的是时间！”再比如奥克尼广播电台里的那个男声，专职播报市场行情。

汤姆跟着我出来上大学，那时我们结伴浪游，后来又都来了伦敦，有很多共同的朋友。我醉酒后发在网上的推文，他默默看在眼里，耐心接听我惶惑不安时的深夜来电。我在路上被陌生人袭击的那晚，也是他来医院接我回家。

我知道，在汤姆家睡沙发只是权宜之计，必须另找住处。翻看网上的合租帖，有些人会描述说室友“很酷”或“创造力十足”，可能是瘾君子的隐晦暗示。我攥着啤酒罐跑进公园和网吧，不带感情地把搜集到的联系电话全都打了一遍，报上自己的基本信息，约好看房时间，然后用绿色荧光笔在伦敦城市手册第六十八到六十九页的地图（哈克尼区与陶尔哈姆莱茨）上一一做好标记，像是在玩“连连看”。

我总共看了二十家左右。“伦敦漂”们为了负担高昂的租金，不得不找人群租，和四个非亲非故的陌生人挤一套小公寓，共用一个厨房。有人骄傲地向我宣称，他们的房子有客厅，实际上小得连一张沙发都差点塞不下。有一处公寓是库房改建的，隔成一个个小单间，给我看的那间没有窗，一张小床高高地架在一个仓储平台上。我想象自己把门一关，心无旁骛地沉浸在书本和威士忌里的画面，打定主意说这房间我要了。最后，他们还是租给了别人。

一个周六下午，我去看了哈格斯顿的一栋高层公 48
寓，窗户不是破的就是用木板封着。屋内窗帘紧闭，迷幻音乐震耳欲聋，空气里弥漫着一股大麻味。我只能推托说回头再联络。另一家位于荷默顿，房型宽敞明亮，两个自称是女演员的姑娘刚刚入住，她们帅气的男朋友正在把一箱箱华服和古董家具往楼上搬。她们为我沏了薄荷茶，询问我为什么在找房。我含含糊糊地说了自己的故事。最后，她们还是租给了别人。

一个周日晚上，我骑车去克拉普顿继续看房。这一带的租金当时在哈尼克区是最便宜的。黑灯瞎火的住宅一字排开，一直延伸到奥运场馆前的最后一座小山上。这家的合租客都是我朋友的朋友，比我小，九〇后。房子属于维多利亚式的联排住宅，房间很小。

看到靠床处有一扇推拉窗时，我知道这意味着我可以无所顾忌地吞云吐雾，一醉方休。几天后，我就搬了进去。

我绞尽脑汁试图弄明白，怎么又让自己丢掉了一份工作。其实我早就意识到可能被解雇，也反省过自身的问题，但我就是明知故犯。这一天终究来了。我无法控制自己。

我想我清楚这一次的前因后果：我在出版业的犄
角旮旯里找到这份不起眼的工作，节奏缓慢，截稿时
间并不严格，每天上午我手臂上贴着不同夜店的入场
49 标记姗姗来迟，为企业领袖撰写打造其形象的软文，
埋头默默摸鱼，踩着点下班。周末更是一团糟，喝
到鬼也似的回来，然后靠浑浑噩噩的工作日勉强恢复
精神。

再次成为无业游民，流着泪黯然退场，我不知道在这个铁面无情的城市里，手头的钱还能支撑我走多远。我只是一个过客，又没用，又想家，渴望一望无际的地平线和大海的呼啸，但当我登上伦敦塔桥的那一刻，伦敦却又一次令我心醉神迷。

在职业介绍所里，没有人能继续趾高气扬，无论是朋友的车子停在门外、喇叭里嘻哈乐震天响的男孩子，还是西装革履、随时都能就地上岗的男人，或者是挨着我坐的那位女士，她身上散发的馊味让人不得不偷偷用袖子掩住口鼻。

投出的简历多数石沉大海。有时候觉得，伦敦城里的人真的太多了，我感到自己的多余，这和租房难是一个道理。过去的朋友现在四散在伦敦的不同区域，融入了新的圈子，有一些在我和前男友同居时就已经疏远。我不再是宇宙中心。

好在还是得到了一个面试机会，公司位于全英国最高的摩天大楼。好在我从不恐高。结束后我用一瓶啤酒慰劳自己，抬头仰望这座大厦，它让我想起高耸入云的峭壁，尤其是全英国海拔最高的那一座——霍伊岛上的圣约翰角，在开往苏格兰的渡轮上，曾经我们常常相见。金丝雀码头[①]的风总是很喧嚣，它们从

① 金丝雀码头，伦敦重要的金融和商业区，正成长为可与伦敦金融城比肩的核心区域，汇集了众多银行的总部和媒体机构，英国最高的三栋建筑均坐落于此。

开阔的泰晤士河上挤进高楼之间的缝隙，给我吹来回到故乡的错觉。游隼在悬崖上筑巢，也在高楼上筑巢。
50 夜幕降临，楼顶的飞行指示灯一明一灭，如同岛上的灯塔。

即使我想要离开，也已经离开，奥克尼和它的悬崖海岸依然占据着我。内心深处的某个地方，一种怅然若失和心烦意乱总在无声震颤。我的体内携带着一片怒海长天和一分临渊而立的镇定，我记得坐在那块最钟爱的石板上，探看海蚀柱和下方的海鸟，北极燕鸥的栖息地渐渐缩小，终至消失，而越来越多的鲣鸟现身海上。顽强的海石竹从峭壁上丛丛伸出，海鹦巢边的兔子洞口，白色小尾巴一闪而过。崖壁顶端突出的岩架看似稳固，换个角度就会发现，它其实是悬空的。我在伦敦漂泊不定的生活，正像高高站在惊涛骇浪之上的悬崖尽头。

通常，下班一到家，我就开始喝。有时等不及，中途跳下公交，躲进公园灌下几听。至于失业的日子，更是想什么时候喝就什么时候喝。

有一次醉后打翻了烟灰缸，打扫时我把还在燃烧的烟蒂吸进了吸尘器而浑然不觉。烧焦的灰尘、死皮和毛发的怪味在公寓里盘桓了几周。

有一阵子，阁楼上吱吱嘎嘎，有东西在抓挠，苍
蝇似乎也因此多得反常。房东终于派了人来察看。屋 51
顶破了一个洞，鸽子钻进来，出不去。在我们头顶上，客厅的正上方，一堆鸽子尸体在腐烂。

那个夏天，我觉得自己只能算是在熬时间，甚至称不上活着。接连几个月，大脑深陷于空白，思绪凌乱无序地从一点跃迁到另一点，能做的只有徒然等待复原。天气暖热，手心发痒，大腿出汗。寂寞而空虚的一天又过去了，我夜半从床上爬起，凌晨四点开始抽烟。

远处传来的汽车防盗警报声让我到天亮也没睡着，直到鸣笛声和鸟鸣声在耳中混为朦胧的一团。那是伦敦一个温煦的七月之夜，但在那几个小时里，我在臆想中又回到了从前和他睡过的每一张床上，把自己做过的、感受过的一切重历了一番，甚至开始思忖他什么时候会从俱乐部突然回家来。我沉湎于我们在艺术学院顶楼过夜的那晚，躺在地上，在混凝土块和被遗弃的雕塑中间。我回到我们共度的第一周，每一晚都

是电闪雷鸣，在那个没有窗帘的房间里，躺在床上看一班又一班飞机飞越伦敦上空，发明了独属于我们的语言。

早上醒来，我才记起往日的贝斯和弦都已走调。心猛地一抽。当他离开我时，我疼得深吸了一口气，这口气，至今还没呼出来。

7

Wrecked 遇难船

那是一个一月的下午，恰好是弟弟十周岁生日。 53
我们正在农舍里玩耍，电话铃突然响了——外野一带出事了。

母亲、父亲、汤姆和我穿过院子，走出通往海岸一侧的那扇门，路上遇见了正往同一个方向赶的邻居们。紧绷的沉默中，我们加快脚步。抵达峭壁边缘时，它赫然映入眼帘：悬崖下，一艘大型渔船搁浅在一块斜伸出海面的礁石上，摇摇欲坠，每当一阵浪打来，船身就剧烈晃动一次，似乎要被冲回海上，又似乎要被推往相反的方向，在悬崖上撞得粉身碎骨。

才下午三四点，天色就已经开始变暗，潮位升高。又一道浪扑来，船发出一阵瘆人的吱嘎声，紧接着是一道雷霆般的破裂声。它不祥地翻向一侧，船身已经断开，卡在岩缝里，拖船也没法把它拉出来。

54 在围观的我们看来，情势十万火急，但在场的海岸警卫队队员告诉我们，船上的渔人不慌不忙。几个小时前，他们已经在暮色的掩护下爬出船舷，下到礁石上，一路踏着石块来到峭壁底下，攀上山崖，而且没有选择来附近的农场求助，转头直接去了机场，坐最近的一趟航班离开了奥克尼。

某些情况下，北地的法律传统在奥克尼群岛和设得兰群岛仍然适用，其对海岸所有权的划定和英国其他地方有所不同。一般来说，土地所有人的所有权范围以海岸的最高水位线为界，但在奥克尼以春季低潮时的最低水位线为准。此外，关于所有权界线还有一些其他的度量方式，包括：一块石头能扔到的最远距离，一匹马能涉水到达的最远距离，一张三文鱼网能撒开的最远距离。根据这一法律，如果有什么东西冲上了你家滩头，那么它就变成了你的私人财产。

翌日，农场主们知道是时候去取属于自己的那一份财产了。他们沿着渔民爬上来的路线爬下去，我看到父亲迈着一双长腿打头阵，自己登上甲板后把其他人也拉了上去。我们紧张得屏住呼吸，祈祷他们的重量不至于使船倾覆。身影消失在船舱里。几分钟后，大人们出来了，虽然远得看不真切，但能辨认出他们抱了一大堆电脑设备，喜形于色。

接下来的几天，农活还是照常做，只不过家里的一个牛棚临时变身为电子导航和渔猎设备展示厅，奥克尼各个角落的渔民都赶来选购。农场主们商定合力 55
支付五百英镑给保险公司，以换取变卖船上包括渔获在内所有物品的权利。最后的实际收益翻了几番。

又过了几天，起风了，船被吹离了搁浅地，一夜之间，海浪和礁石的双面夹击让它四分五裂，最后只剩下浮在浪尖的小片残骸，被冲进峡湾的入海口。

将近二十年后的我，就像当初那艘遇难船，境况岌岌可危。白天勉力维持的体面人生和夜晚放纵的秘密生活之间的距离越来越近，终于露出马脚。为了掩饰，我殚精竭虑，腰背酸疼，烟不离手。一个死循环：我故意把自己灌醉，以求减轻前一晚醉后丑态百出的耻感。

在合租房里，我的所作所为与其说是糟糕或者夸张，不如说是愚蠢透顶、招人讨厌：半夜醉醺醺地下厨，差点儿炸了厨房；自己没有钱买足够的食物，就偷吃室友的东西，隔三岔五偷喝他们的酒；没等到发薪日就已经“月光”，伸手借来一二十镑，转头却进了酒水店，然后溜回房间紧闭房门，敞着窗户痛饮。

我会象征性地往家里的可回收垃圾箱里扔些瓶瓶罐罐，剩下的都装进塑料购物袋，塞入街面上的垃圾
56 桶，所以出门时总是哐哐当当，冒着一股隔夜酒味。衣橱底层关着空酒瓶，易拉罐沿着卧室踢脚线一字排开。

我的举止也让室友提心吊胆：毫无预警地弄出巨响；周二的派对之夜后，把素不相识的陌生男人带回家过夜；手提包落在门外，里面的东西撒了一楼梯……一系列闹剧的后续总是宿醉的我一连几天瘫在床上，瘫在绝望的阴影里。

其他人也许想象不到，我反复落入这种可厌的境地并非出于本愿。敢于就我的问题与我正面相谈的人，我至今记得并敬重他们。我点头认错，我泪如雨下，但分手后我沉沦在自怜自艾和自我开脱里出不来。“你的担心有理有据，”我说，“我正在痛苦中煎熬。”因为酗酒，他离开了我，所以现在，我可以放任自己借酒消愁。

虽然我把分手作为酗酒的借口，但这并非酒瘾泛滥的起因。和前男友还在一起时，有一次我去伦敦市中心的酒吧参加朋友的生日派对，没几杯落肚就借口最近太累、身体不适、要回去赶稿等，待了一个小时左右就走了。事实上，我是为了回家独自敞开喝，酒吧上酒着实太慢。那个晚上，在酒精和朋友之间，我选择了前者，越过了红线。从此以后，我加速突破下线，即使受到来自公司、医生、家人和法律的警告，还是选择站在酒精这边。

如果有一个按钮可以把情感、往事、欲望一键清零，该有多好，那么，听着大街上的尖叫和乐声睁眼躺在床上的时候，就可以不去想那些业已失去的东西。 57
我制订计划，尝试走出困境、找回自己：天刚破晓就开始发送求职邮件，努力锻炼身体，变换发型，像抓住救命稻草似的写作。然而奇迹没有发生，我仍在原地打转。

半醉着倒在床上，我很想对他说话，大声对他说：“我为你燃成一道光，照亮整座城市。温暖你，护佑你，无论你在什么地方。”

每个人都开始意识到我是个大麻烦。从前的派对场所大都不再向我敞开大门。我，那个爱哭的女孩，会成为别人的负担。我知道自己在那个周六之后上了黑名单——听见酒瓶的破裂声和尖叫，酒吧里的每个人都转过头来，每个人都以为我用酒瓶砸了那个女孩的头，事实上我没有，我只是把酒瓶往桌上丢，它弹起来击中了那位无辜的受害者。她开始尖叫，而我意识到，两种情形之间的区别已然无关紧要。

我无数次意识到自己的问题，无数次试图改变。我又去参加匿名戒酒会。在霍尔本结束一场戒酒会后，我坐在教堂外的水泥台阶上喝奶昔，看人们踩着公共自行车在面前来来去去，感受到一阵始料未及的平静。可是一到周末，我又故技重施，从下午两点喝到凌晨两点，趁着酒劲去翻墙。有一晚，我甚至潜入陌生人的公寓，脱光衣服，裸露自己的悲伤。

一个月里，我两次站上法庭，一次作为嫌疑人，一次作为受害者。此前，我只以记者的身份走进过审判室。

听从医生的指示，我开始在每周五下午去见戒酒
58 顾问。她让我坚持记一本“饮酒日志”，我向她保证控

制自己的酒精摄取。出来以后，我在酒水店只买了两罐，但只撑了半小时。我几百次告诫自己只能喝两罐，最终一次也没做到。晚上我闷在房间里独自喝，白天又换了一份乏味的工作，愿意搭理我的人加速变少。原以为恢复单身就可以有更多机会去聚餐，把自己的作品递到编辑们手上，但我发现自己只是在医生的诊室里痛哭，身上带着不知从何而来的瘀伤，一天比一天更沮丧地从梦中醒来。

手握一听拉格啤酒，独占双层巴士顶层的第一排驰过伦敦，一部分的自我十分享受这份狂放和自由。待到长夜尽头，事情就不那么有趣了——孑然一身，醉到难以自持，口水直流。事实上，我从来没有彻底自暴自弃，总是设法保持工作状态，好好吃饭，参加社交，经济上努力维持自足，然而，竭力保持生活的平衡和绝望地磨平身上的棱角是一个令人精疲力竭的痛苦循环。

又一次迁徙过后，我搬进陶尔哈姆莱茨一个曾经的公租房街区。室友开始觉察到我躲在屋里酗酒，因为我露面时性情判若两人。他们来找我对质，发电邮说“我们需要谈谈”。虽然早就习惯了这样的展开，但胃里还是一沉。我不是第一次惹人失望，如果事情再搞砸，就走投无路了。身无分文，借钱买醉，不然就求店主给我赊账……过着这样生活的我极力避免撞见室友或在走廊里碰到邻居，因为我知道，夜深人静时他们都能听见我的哭声。

59 与人不睦，入不敷出，总是丢东西、搞破坏，这些外部问题都不是最可怕的。最可怕的东西在我脑子里。自杀的冲动频繁出现，越来越强烈。我无法控制自己的情绪。思想如飞速下旋的涡流，伴随着行为的不可遏制。他再也不爱我了。我想念他。我不知道拿自己怎么办。我不知道怎么向前看，不知道怎么翻篇。他们说“你一定要战胜酒精”，这样的心境下，怎么可能呢？就像一只四脚朝天掉在洞里的羊，我知道自己躺着不动迟早会窒息而死，但这反而轻松得多。

几个月一晃而过：一个冬天，一趟堪称灾难的奥克尼之旅（被关进警局），又一个失业的夏天。难以相信悲伤竟然可以这样漫长。灼人的惊惶溢出了我的理智，我跟随它，无视所有法规和安全守则，甘愿做习惯性痛苦的奴隶，两眼含着泪水，头痛了连续两周，做着醒不来的噩梦。我已经走得太远，以至于忘记了如何回头。我盯着农舍卧室窗帘上的图案。我能感受到震颤，还有回忆如疾风穿透我，快得抓不住尾巴。

在伦敦的这些年，一切都在加速，直到彻底失控。这座城市要求我对许多事物选择性视而不见——脸庞、广告、事件、贫穷，而我的意识滤网主动执行得更为严格，留给自己的只有一片嗡鸣的空白。回过神来，我才惊慌失措，无法决断自己该去哪里、和谁见面、抱有什么样的观点，只能用酒精和不安来填补。

我为我哭泣：面对自己非理性的需求和欲望，我
放任自流、缴械投降。我下坠，卷入旋涡，想要抓住 60
救命稻草，可一旦伸手去够，目标就向后退却。

真的要走投无路了。未尝不能更堕落，惹更多麻烦，被逐向更边缘，但我对自己说：够了。一个夜晚，我突然顿悟，虽然只是短暂一瞥，却感到无比阔大、热望满怀，障目的一叶被暂时掀走，目之所及是汹涌如潮的光明。我看到，没有酒精的生活不仅是可能的，且充满希望，令人目眩。我紧紧抓住这个念头，告诉自己：这是最后的机会。如果再不做出改变，我将无处安身，等待我的只有更多的痛苦。

8

Treatment 治疗

61 肚子贴在地面上，背部拗成倒弓形，双臂后展，十指紧锁，努力屏住呼吸。这是老师在教我们“回归原始的自我”。他说：“你们生来就会做这个。”我一下笑散了架，大伙也笑成一团。

莫非我的前半生就是为了抵达此刻，为了和一帮体魄与心灵不同程度地支离破碎的瘾君子一起，在康复所的地毯上做昆达里尼瑜伽？一个无比困难的动作要重复三十次，老师向我们保证：“坚持到最后，你们都能飞起来。”妙啊，瘾君子可不都想着飘飘欲仙呢。

大约一个月前，在我的宿醉史中一个稀松平常的早晨，我下定决心接受任何可能的帮助，彻底摆脱酒精。这个早晨和此前的无数个早晨没什么两样——上班眼看又要迟到，口干舌燥、心慌意乱，绝望地把自

己拉扯成人形——然而，意志猝然崩解了。我不想再 62
这样下去。我想起了夜晚的顿悟，惊鸿一瞥的戒除酒瘾的可能。我当即在巴士上给老板打了个电话，说我需要好好谈谈。

我费了不少工夫才找到现在这儿，也花了很长时间才接受眼下的处境：早几年我从没料想过自己会在康复所度过三十岁生日。我现在才刚刚认识到，生活并不会如我所期望的那样展开，这一事实恰恰证明，在此之前我的运气都还不错。

这段时间我重读了从前的日记。十八岁离开奥克尼前，我写过一张清单，不知天高地厚地列出了所有我想要达成的事，也先知先觉地写下："艺术、时尚、文学、摇滚，这个世界让我着迷，也引诱我堕落。"十年里，我的确从中收获了很多快乐，也有了一大把故事可讲，但与此同时，一年年、一天天积累着一种破坏性冲动，与之伴随的是不满足和孤独。

这些年，我偶尔也能看清自己的问题，但不知道为什么总是无法采取行动去解决。醉酒状态下，我可以流利地诉说自己的酗酒问题。痛饮的次日，我一次次下定决心洗心革面，重新开始。

我认真戒过三次酒，每次都只坚持了一个月：一
次是为了挽留男友，没有留住；一次是为了保住工作，
服用了让人体对酒精产生过敏反应的戒酒药物，可它
对我不起作用；还有一次是上个夏天，为了不被室友
扫地出门，也失败了。这一次，我已经失去了恋人、
63 房子和工作，是面对现实，为自己戒酒，这也的确是
我唯一的出路了。这一次，我决定把戒酒放在第一位，
辞掉工作，咨询了医生，然后被交接给了当局的毒品
和酒精咨询服务部。

让我在戒瘾诊所的候诊室里抽噎起来的，并不是偏僻的地段、邋遢的座椅或者冷冰冰的官僚做派。是气味。是和我伦敦出租屋里相同的酸腐味，一头羊如果病了也会发出这种味道，那时你就不得不用红颜料在它身上喷一个“X”，送到市场上卖掉。这和酒精的气味不一样。当一个生物的肝、肾等内脏吃力地排着毒，把毒素通过皮肤、指甲甚至眼球分泌出来时，其每一个毛孔都会散发出这种病态的气味。

我想起小时候羊群的一次集体死亡。一天清晨，父亲到了草场上，发现二十多头母羊有的侧身瘫倒，有的四脚朝天，肚子鼓得像气球，余下的羊走起路来

也醉酒似的跌跌撞撞。前一天晚上，它们被赶到这片新草场上大口享用嫩草，但混在草里的真菌孢子使得羊胃里生出泡沫，还打不出嗝来，体内的气越积越多，气管却堵住了。母亲和父亲不顾一切地想办法救它们，往一些羊的喉咙里灌植物油冲散泡沫，往另外一些的胃里直接插管导气。汤姆和我惊恐地看着他们奔忙。多数羊得救了，有五头当场死亡，接下去几天又有几头接连死去。

* * *

我申请参加康复所的住院项目，希望自己被关起 64
来严加管束，但戒瘾顾问的意见是，目前我还介于“依赖性酗酒者”和“危害性酗酒者”两个等级之间，更适合参加日间戒酒项目，花费也少些。这意味着我得回家住，也就是说，睡在哈克尼维克一家酒吧楼上的小单间里。治疗正式开始前的两周里，我抓紧最后的机会敞开了喝，半醉中给满腹狐疑的家人打电话解释了我的计划。当我告诉父亲我要参加的戒酒治疗为期三个月时，他惺惺相惜地对我说：“我这辈子在精神病院里待了整整三年，但愿你用不了那么久。”

首先是社区预备流程。我每天前往戒瘾中心服用减轻戒断反应的安定药物，接受酒精呼气测试，然后领另一些药回家。如此一个星期后，长达十二周的戒瘾疗程正式开始。它当时是（现在也仍是）由地方政府全额出资运营的，配有全职专业顾问，一批可以接收多达二十名病人。虽然参与者中途弃疗的比例极高，但从二〇〇六年起，截至我加入时，已经有一百多人顺利“毕业”——这十二周他们坚持了下来，一点毒一滴酒都没沾。

到戒瘾中心报到的第一天，我感觉颇不自在。你得做一次尿检，取尿时必须敞着门。但过不了多久就不会觉得不好意思了，因为以后的每周我们都要分别做两次尿检和酒精呼气测试。戒瘾中心不准喝咖啡，而且尽管每天晚上我都得一个人回家，早上再自己骑单车过来，但最初的两周如果我中午要出去溜达，必
65 须有工作人员监护，以防我受够了手拉手群体治疗之类的把戏，跑去酒吧或咖啡店过把瘾。

比我早来的十个人里，除了我，仅有一两人“只”沉迷于酒精，其他人都有可卡因、海洛因、快克或其

他毒品问题。他们当中有上了年纪的老伦敦，操一口纯正的押韵俚语，也有毛糙的穆斯林小伙，说的方言巴拉巴拉，完全听不明白。不过切不可以貌取人。我注意到某人的内耳贴了一小块膏药，一整个星期都以为他是在道上混的，后来听人解释才得知，那是前一周做了针灸治疗的结果。

每周一、周二、周四、周五是治疗日，早上九点半到下午四点半。除了每周一次的一对一咨询，其余时间我们都以小集体的形式共同度过。每天都要进行四项活动：集体治疗，“净化时间”的每周纪录更新，营养学和血液传播病毒等方面的讲座，以“预防复发”“树立自尊”等为主题的小组讨论。

周三是休息日，这一天主要留给我们约见医生、处理个人事务、拜访假释监督官，总之就是收拾自己摆下的烂摊子。作为整个治疗的一部分，我们每周还会走出戒瘾中心，到社会上去参加三场匿名戒瘾会。

我入院的第一天下午，一位睿智的修女前来授课，她七十多岁，已在监狱和戒瘾中心服务多年。有那么一会儿，她四处找不到她的红色马克笔，其实就在她眼皮底下。一个学龄六周的老油条在我耳边窃窃私语：

66 “她可着恼了。”[①]这笑话放在康复所里真是够老套的，我却咯咯笑得停不下来。

一天至少四次，我们手拉手站成一圈，齐声背诵“宁静祷文”。我厌恶宗教，起初感觉诡异极了，却很快享受起来。我时常感到震惊，困惑和沮丧于自己怎么落到这般境地。我，一个小岛农场女孩，十二年一梦，醒来发现自己出于某种缘由赫然身处伦敦的戒瘾中心，不然就是和一群社会边缘人一起坐在救世军中心或教堂大厅里，用缺了口的破杯子喝茶，听着别人大便失禁在床的可悲故事，笑得前仰后合。

根据匿名戒酒会的“十二步骤法”，我们还有笔头作业要做：反省人生中的细节，那些黑暗可耻、从未告人的往事，写完后向病友们大声朗读。我们都照做了，由此结成了信任的纽带。对我来说这是前所未有的体验，和深夜的酒后吐真言不同，第二天我仍然能记得一清二楚。

我全力配合治疗，诚实地回答戒瘾顾问的提问，

① 原文为“She’s pissed”，一语双关，也可以解释为“她喝高了”。

努力聆听别人的发言。我想成为康复所里的“明星学生”。在提笔列出酗酒给我带来的各种负面效应时，我清楚地看到自己确实麻烦缠身，来对了地方。

完全戒断酒精的决定看似极端，但痛苦的经验证明，减少和限制饮酒量的尝试均会以失败收场。只要开始喝，我就不可能停下来。匿名戒酒会的首要原则就是，不要喝下“第一杯”——它只会让酗酒者毫无 67
抵御力——并且以“一天”为一个小目标，坚持做到这一点。该理论指出，过去我的生活和两种东西共生：痴迷与渴望——未来也将如此。痴迷表现为对酒的欲望，它会出其不意地穿透我的脉搏，正如昔日农场上的震颤，是一种总是在场却听不真切的隆隆声，一种潜伏在远景中的威胁。我想，它将与我相伴余生。我需要保持警惕，远离让渴望一触即发的“第一杯”。如果让一滴酒精渗透我的防线，那么就会迅速泛滥成灾。

当我们喝酒时，酒精——更确切地说是乙醇，被胃黏膜吸收进入血管。在大脑中，酒精引起神经递质之间的信息紊乱，扮演着麻醉剂和抑制剂甚或松弛剂的角色。对于我们这样的易上瘾体质者而言，酒精因此迅速成为纾解焦虑、缓释压力的默认途径。通过重复摄入，神经已被深深刻上某种惯性，永远无法复原。我会一直易于复发，也容易对其他药物上瘾。

面对小集体中的一言一行，戒瘾顾问每时每刻都在鼓励我们说出自己的“感受”。上瘾者的情绪反应会受到成瘾物质的扭曲和抑制，因此重新把握自己的精神状态并理解这些“感受”将驱使我们如何行动，对我们而言是十分重要的。一位病友（我们这样称呼彼
68 此）在被要求说说对嗑药引发的犯罪行为有什么“感受”时，发自肺腑地说道：“像个战士一样驾驭它。”虽然从严格意义上讲这算不上一种“感受”，但我们都笑了，房间里原本因重复了太多次“羞耻”“难过”而紧绷的气氛顿时松弛下来，这句话也成了班上的流行语。

可笑又暴露真相的插曲每天都有。比如有一天的午餐时间，我们讨论维生素补充剂（大多数酒鬼都由医生开过各种各样的维生素B补充剂）究竟有没有用，多吃水果蔬菜摄入维生素是不是更好。“我的意思是说，你吃下一份沙拉，马上就会感觉到它对你有好处吗？”我发现，因为在座的都是瘾君子，话题很快就

发展成了“嗑一次嗨多久”。

另一天，两名身穿制服的警察现身戒瘾中心，瞬间大多数伙计（有好一阵我是那里唯一的女病友）都开始冒着冷汗忐忑不安地翻检自己的衣兜。结果警察只是例行到访，不是来搜捕哪位的，不过这可让我对我的这些新朋友刮目相看。

有一天早上，一位病友穿了件印着杰克·丹尼酒标图案的T恤，马上就被警告说别再穿了。他意识不到这有什么不妥。

我们有理由这样小心谨慎。有一次不知怎么回事，
一只印着“红带”（我从前常喝的一个牌子）啤酒商标
的玻璃杯出现在厨房柜子里，即刻引发了关于饮酒偏
好的大讨论：是喜欢大杯现打的真麦鲜啤，还是高酒
精度的罐装拉格啤酒？这足以复燃酗酒的渴望。在戒 69
瘾中心，用“Cheers”① 来表达感谢很可能会踩雷。

我们有几次离开中心出去走动的机会：参观都市农场，参加匿名戒瘾大会。感觉就像学校春游和越狱

① “Cheers”在非正式用法中，可用于表达感谢，同时也是祝酒用语“干杯”。

的复合体：一群咯咯傻笑的家伙被放了出来，在无人管束的情形下登上伦敦的公共交通。在其他条件下，我绝对没有可能加入这样的一伙人，而伴随着戒酒的痛苦，倒也有由衷感到快乐的时刻。在都市农场，一名快克成瘾的病友平静地坐在石头上，哄三只羊宝宝到他身边去，这一幕让我们都不由露出微笑。另一位病友给我演示几年前他是怎样拳打奶牛，结果砸扁了自己的右手无名指的。我注意到，和奥克尼老家比起来，这里的羊脏脏的，草地光秃秃的，但我很快把这多余的思乡之情推到一边。

有些日子，我的脑子根本停不下来，只想逃离自身，我开始养成一边狂喝可乐一边抽烟的习惯，这在某种程度上近似于酗酒的感觉。我恨不得嚼碎自己的牙齿，就着可乐往肚里吞，然后一病不起。我希望医生能用药物让我进入昏迷状态。我希望自己可以一键快进到未来。我希望自己可以关心照料别人，不再一个人独自生活。我希望保持滴酒不沾胜过世界上的其他一切，但也该死地很想喝一杯。

每天晚上从戒瘾中心回到我的小单间，我都已精疲力竭。这些年来第一次，我努力想对自己诚实。我

没有喝酒，虽然常常很想喝。我躺在床上，开着网页
和窗户。在那些夏夜，我难以相信冬天的存在。同样地，70
当我试着想象奥克尼时，它不过是幻想乡。

一天下课后，我去看望了几名已经离开戒瘾项目的病友（其中一位顺利结束了十二周的疗程，其他人则在八周后被劝退），他们现在和其他二十来个瘾君子住在戒瘾中心的一栋辅楼里。那地方怪怪的，带独立卫浴的卧室、安保门禁系统和烟臭味组合成了一个像宾馆、监狱和学生宿舍混合体一样的东西。

萨义德和我年龄相仿，尽管我们的情况不尽相同，但过去十年，他的人生一样充斥着破碎的恋情和丢掉的工作。他吸过好几年快克和海洛因，我去看他的时候，他完成戒瘾项目五周了，已经四个多月没碰过不该碰的。

他告诉我，他因为打架斗殴和破坏公物被学校开除，并开始贩毒，很多次试图戒断，试过美沙酮疗法，也去孟加拉国修行过一阵子，但总是复吸。这一次，他声称他不会再逃避问题。二月最后一次吸食海洛因后，他坚持社区排毒二十一天，随后加入了我们的项

目。萨义德的成功并非常态，而是特例。中心没有提
71 供相关的统计数据，但从我加入时班上既有学员的情况来看，十人里只有两人顺利“毕业”，一人觉得治疗过于严苛而离开，还有一人因为“无法配合项目要求”被劝退，剩下的五人因为复发（他们偷喝或偷嗑）而被批准走人（踢了出去）。

在我的疗程中途，有更多新丁加入，复发的比例和前一批相当。整个过程确实颇为煎熬，和住院项目一样，日间戒酒项目遵循“百分百禁绝”和“零容忍”政策，可每天晚上和周末我们还是要回到现实世界中去，面对各色压力和诱惑。

在我拜访萨义德的时候，一个在我来的第二周因破戒被除名的男人碰巧走进厨房。他的模样崩坏得令人震惊——瘦得厉害，牙齿脱落，手上脸上疮疤累累，后来别人告诉我那是烟头烫的。他自己则对我说，退出治疗后他大醉一场，最后在麦尔安德医院精神病房里待了五天。他说他又回去参加匿名戒酒会了，尽量远离酒精让他感觉“好了不少”，但他狂乱的眼神泄露了真相。

戒酒的第七十三天，也就是加入戒瘾项目的两个
多月后，我的最大“感受”是：命运眷顾着我。我整
日倾听别人的伤心故事，唏嘘于上瘾如何让他们步入
深渊。有一天在集体治疗中，一位年长的病友谈起了
家人，由于他经年累月的酗酒恶习，他们和他断绝关 72
系已经十多年了。他说他学会了如何压抑自己的过度
思念，临睡前，他会告诫自己不要梦见他们，子女也
好，妻子也好。“可是这样的话，我的梦里就空无一
人了。”

另一位吸过海洛因也贩过毒的五旬病友给我们朗读了他的“作业”，谈到了童年时代对航行、钓鱼和远海的热忱，还有曾经与妻子的脉脉温情，后者在八十年代和他离婚。我们围坐成一圈，每个人，包括早就阅人无数的戒瘾顾问以及差不多半辈子都在坐牢的汉子们，都强忍着泪水，为虚掷的人生、挫败的雄心和破碎的心灵而伤感。

我从来没有注射过毒品，没有出卖过身体，没有当着自己孩子的面抽快克，也没有在俄罗斯监狱里蹲八年、在公园里抢劫老人，或者六次参加社区戒瘾、四次入住康复所却每次都重蹈覆辙。我的家人仍然和

我保持联络，我的皮肤也没有变得焦黄。我环视房间，发现屋里每个结过婚的人不是离了就是在分居。我庆幸自己悬崖勒马，不想因为酗酒伤透别人的心。

让我感到幸运的还有，这三个月我得以奢侈地退
出“现实世界”，有公共资金扶助，在优秀的项目顾问
的帮助下厘清人生。在联合政府削减公共部门开支的
背景下，这类资源密集型项目的未来并不明朗。首相
语气强硬地针对上瘾者和肥胖人群（据说有约八万名
73 上瘾者靠领取“无工作能力补助”生活，其中四万两
千三百六十人是酗酒者——我的同伴们都讶异于这个
数字竟然如此之小）发表言论，表示公众只愿意为“并
非因自身过错而丧失生存能力的人”纳税。

我无时无刻不念着酒精。欲望潜伏在脑海深处，如耳鸣，一阵阵有规律的渴望穿透脑干和躯体。还有梦，关于喝酒的梦。我把一瓶酒失手掉在厨房地砖上，像狗一样跪舔那液体，连同地上的灰尘和碎玻璃一并舔进肚。醒来后我如释重负，万幸那不是真的。

一天下午我们做了针灸治疗，用意念笨拙地操纵一个名为“气”的发光的球，耳朵和名为“第三只眼”的穴位上扎着针，同时努力集中精神聆听排箫演奏的

音乐。治疗结束后，我非常不合禅道地冲出去抽了支烟，回来打开吸尘器把治疗室打扫干净（每周我们有不同的“值日”要做），然后跳上单车全速奔向运河边，上回我在那里发现了一条舒适的长椅。微风旋动着一丝甜蜜的花香环绕我，脑袋轻飘飘的，我朝河中央橙色小船上的神秘官员挥挥手，不知从哪里飘来流动冰激凌车的乐音，飞机的尾迹交错在东伦敦上空。我心想，这也太畅快了。我逐渐发现，不喝酒也可以嗨起来，而我正像一个战士，驾驭着它。

9

Drifting 漂 流

75 在哈克尼维克的这间合租房里，一共住了六个人，全员单身。房子就在酒吧楼上，被房东隔成一个个最小化的单人生存空间，以便最大化地榨取房租。房间和房间之间壁板很薄，却很少听到隔壁住户的响动。没有说话声，没有笑声，只有电视声。门厅里放了一台公用洗衣机，我从没碰见有人在使用。我们都会暗中窥伺，等到厅里没了人才闪身躲进自己的房间或从房间里溜出来。无论是打工移民、离婚的人还是酒鬼，谁都没有长期在这里待下去的打算，六个孤独的个体挨得如此之近，可又来去匆匆，无力进入彼此的世界。

我选择住在这里是因为东伦敦找不到更便宜的地方供我一个人落脚了。我不想冒险拖累别人，也不想再让他们失望。过去所有的戒酒尝试都失败了，这一

次自然没有十足的把握，我只是按部就班地参加治疗， 76
回家就坐在床尾，埋在一大堆家当中间凭窗抽烟，眺望运河对岸新建的奥林匹克运动场，焦虑且挫败。

为了治疗，我辞掉了工作，所以当三个月的疗程临近尾声时，我发现自己又成了无业游民。我小心翼翼地维持戒酒纪录，把自己当成一只刚孵出来的娇嫩小鸡，千万不能磕着碰着。我呵护自己的情绪和需求，不安、疲惫、孤独、饥饿，不像从前那样一醉解千愁，简单粗暴，种下恶果。我还计划继续参加匿名戒酒会，避开熟悉的地方、熟悉的人，同时着手找工作——简历上又添了一段难以解释的空窗期。

我跨上单车在东伦敦漂流，去游泳、去采购、和匿名戒酒会的难友互发短信、无底洞似的喝可乐，希望自己每天表现得似乎很充实，然后事实真的就会如此。酒精是我多年的好伙伴，虽然它给我招惹了很多麻烦，我还是很想念它。

分手后，有很长一段时间我都觉得一个人做饭是无用功。独自看电影有什么意义？如果房间里只有我自己，为什么还要清扫？我仍然会想念他，每当有飞机掠过东伦敦上空，我都会想念他，但他的身影正渐行渐远。现在，和酒精分手，我经受着某种类似的考验。去野餐没有酒还有什么意义？约朋友见面难道干坐着，不应该“碰一杯”吗？

我漫无目的，如履薄冰，渴望肯定。任何微小的
77 差错都被放大成数倍的沮丧，引来情绪决堤。这座城市在光天化日下运转，我也头脑清醒，却比被遮蔽时更加难以理解它。事物的复杂性数倍递增，无法把握。我绕着金丝雀码头地下的环岛骑行，那里是光鲜的办公楼的地下入口，华裔侍者吸着烟，我吸着汽车尾气。我沿途穿过哈克尼维克，路的一边是租赁仓房，堆满了穷人的家私，另一边是崭新的公寓大楼，空空荡荡。

我开始认同这样一种观点：酗酒是精神疾病，而不仅是一种习惯或者缺乏自制力的表现。虽然我知道生活中的一切好转——见证我屡戒屡败的家人选择再次施以信任，有希望找到新工作，可以自信地迈出一小步——都有赖于戒绝酒精，但当我在阳光下骑过奥林匹克公园东大道的大桥时，我知道，我有一下午的闲暇时光，去喝上几杯啤酒不光是个好主意，而且是唯一可以让我感到满足的办法。大体而言，我知道自己并没有失去理智，但那种念头可谓疯狂。必须时刻警惕。

我不断地想到血腥玛丽。以前我很少喝这种鸡尾酒。如果独自坐在酒吧外，用吸管啜饮一杯伏特加满满的血腥玛丽……渴望得厉害的时候，简直想把一切抛诸脑后，喝到断片。但我已经逐渐领悟到，渴望的本质之一就是，它会消失：咬牙熬过这一阵，一个小时后，就忘记自己拼命想要的是什么了。

金丝雀码头的中心地带是一个布局奇特的公园，
笼罩在加拿大第一广场[①]的阴影里。我坐下喝了一杯 78
对我来说价格不菲的咖啡，眼前西装革履的男士们和穿着裹身裙、高跟鞋的女士们各自讲着电话，脖子上挂着门禁卡。仅仅一个月前，我也是这样，一身干练的通勤装，行色匆匆地走进公司总部林立的办公大楼，但现在，这一切感觉离我很远。我身上是一件花里胡哨的不合身的连衣裙，发型凌乱，全身发抖，泪水在眼眶里打转。是我自愿放弃了那种人生，我也庆幸做出了这样的选择，但不时也会怀疑自己到底在干什么。

除了停止摄入酒精，在戒瘾中心度过的时光也在

① 全英国第二高楼，高 235.1 米。建于一九九一年，是世界上第一栋采用不锈钢建造的大厦，内部为银行、商场及娱乐设施。

其他方面改变了我，比如重新审视生活中重要的人和事，将他们重新排序。投入治疗、认识所有这些荒腔走板的怪咖病友是我的幸运。他们不擅读写，却会用流利的口才表达自我并触痛我的心，我纠结的语法问题反而变得无足轻重。我听他们诉说监狱、医院、游民社区、大家族以及在俄罗斯和斯特普尼绿地[①]的生活，新的世界在我面前打开，和推特上大学毕业生们的叽叽歪歪完全不同。过去的朋友在我眼中开始祛魅：他们只知光顾固定的几家酒吧，和熟人开派对，谈论的也总是那些话题。对不起，我要把旧滤镜击碎。

在单车上，我从不会哭。为了不闷在屋里，我出门骑长长的路，穿过城市，也穿过自己的历史。沿着摄政运河，我路过从前摔车落水的地方；在特拉法尔加广场稍作停留，我在那里遗落过一只装满新衣服和化妆品的包，当时我逛完街，一个人跑进酒吧喝得烂

① 位于伦敦东部，多种族混居地。十九世纪末成为犹太人聚居区，廉价公寓四处兴建。一九〇五年，俄国战舰“波将金”号上的起义首领马图申科曾在此处的无政府主义和社会主义集会地点寻求庇护。后来又形成了讲锡尔赫特语（Sylheti）的孟加拉贫民社区。

醉；我穿过苏豪区的中心，从熟悉的夜店和通宵酒吧
门前路过，然后沿着红砖巷①而下，每年这里都会涌入 79
一批二十二岁的女孩，三人一组打扮得漂漂亮亮走在路上。

我踩住单车踏板直立滑行，风扬起头发打在脸上，感觉又回到了小时候——土里土气，对世界毫不设防。这清新的空气和风来自我所来之处。虽然四下高楼环绕，奥克尼的开阔风景仍然长在心间，我永远在以某种方式迎向一道被遮蔽的地平线。

秋天到了，有些日子还是很暖和。路过伦敦郊野公园招摇过市的酷孩子们云集的那一角，我有一瞬间感受到了匿名戒酒会上他们称之为“欣快回忆”的东西。我必须努努力才能想起自己在这里度过的美好时光，那些兴之所至的野餐会只真正存在于我来伦敦的头几年。后来，就变成了一个人，守着几罐啤酒，抱着笔记本电脑，拿着一只没人打响而开始遭我嫌恶的手机。

---

① 位于伦敦东区陶尔哈姆莱茨的多元文化聚集地，遍地是二手商店、美食、涂鸦、独立设计工作室、跳蚤市场，设计师、艺校学生、潮流人士、亚文化爱好者云集，以前卫、创意为标识。

魔鬼般的念头影影绰绰地冒出来。我担心自己的人生就此完结了，永远不会再拥有快乐。我想，如果未来什么都无法拥有，那还不如喝酒。我想坐在艺廊门前喝上一杯香槟，也许进进出出的英俊时髦人士里会有一个愿意带我回家——如果我们喝得足够醉的话。我想念从前百无禁忌的时候，我的心为曾经短暂迸射的活力而发痛。我有意识地在自己和酒精之间筑起屏障，却渐渐发现想要圈住它绝非易事。

我停罢单车，坐到运河边的长椅上，一边喝瓶装
80 水一边读《白鲸》里刺穿鲸鱼心脏的段落。铁路桥旁，两个留着长辫、穿九分裤的小伙正在相邻的两棵树上绑一根马戏团的那种钢绳，他们招呼我说要不要试一下走钢丝。我径直跑过去，蹬掉鞋。“你可以扶着树或者扶着我，不过最好的办法是利用你自身重力的反作用力保持平衡。”他们中的一个告诉我。我的腿不由自主地打战，绳子也跟着晃动起来。火车在头顶呼啸而过，我努力挺直脊背，双眼直视地平线。几乎是当即就掉了下来。

周五和周六的晚上回到住处，我习惯靠在窗口一根接一根地抽烟，楼下酒吧的嘈杂声灌进耳朵，令人

怀疑难道这就是戒酒所能带来的一切。我觉得自己似乎已经做好了准备，但不知道迎来的将是什么。我四体健全，滴酒未沾，又是整整一个周末独自在家待着，因为害怕接触酒精，哪里都不敢去。如果这就是我的未来，我宁愿没有未来。

从戒瘾中心毕业并非故事的结局，而是刚刚开始。戒酒是一回事，我早就戒过几百回了，坚持下去是另一回事，是每天都要应对的挑战。有时我坚信戒酒是正确的决断，有时它又艰难得让人痛不欲生。

还在酗酒的时候，我对自己和家人之间隔着八百英里的距离不以为意，而现在我无时不感到它的存在。和父母的交流变多了，父亲的农场需要人帮忙，母亲也鼓动我去她那儿看看。冬天就要到了，趁现在还在海投简历，抽时间回岛上呼吸一下新鲜空气或许有助于恢复体力和食欲。

伦敦不再是那个伦敦。面对过往的生活，我只是
一个欲求不满的陌路人。但在奥克尼那边，土地测量 81
员和地产商都来找过父亲，甚至到了谈价钱的地步。要是农场也卖了，我还剩下什么？下一步我又将失去什么？我试图拯救自己的人生又有什么意义？

我在心里盘算。我同意母亲的看法，开阔的空间对我有好处。另一方面，作为瘾君子的那一部分自我也在打着小算盘。回奥克尼是一场测验。如果一年过去后我没有再次酗酒，也没有找到一份体面的工作，仍是这样意志消沉的话，我就去随便什么地方胡乱打一份工，比如做保洁，然后继续租房子住，两耳不闻窗外事地只顾喝酒。缴械投降的感觉一定好极了。

10

Dyking 墙垒

火车一路向北，天空阔大起来。气温与驶出的里 83
程成反比——伦敦、爱丁堡、阿伯丁、奥克尼，每往
北走一程，就得往身上多添一层外衣。

我把出租屋的钥匙投进楼下酒吧的信箱，拖着行
李上了巴士，清早就到了国王十字车站，直到火车开
动，心情才平静下来。虽然我已练就一身在订票网站
上抢占最低折扣的绝技，但这一趟的车票还是很贵，
而且要坐上一整天。从伦敦出发坐飞机去欧洲任何其
他国家的首都都用不了这么多时间和钱。我睡了一路，
每隔半小时就会四肢发麻地醒来，要不就是被高低起
伏的地势晃醒。彼得伯勒、达勒姆、纽卡斯尔……别
的乘客陆续到站，而我还要继续北上。过了特威德河
畔贝里克，一束光倏忽涌进车厢，豁然是天空与大海。 84

苏格兰到了，可我的回家路走了还不到一半。

途经爱丁堡后，火车开过福斯铁路桥[①]，穿邓迪城而过。取道约翰奥格罗茨去往奥克尼的渡轮路程较短，不过要在船上过夜。我在阿伯丁下了火车，没花多少时间就从车站到了码头。一艘艘巨大的工业油轮停泊在港湾，海鸥盘旋，疾驰而过。尽管我行色匆匆，萎靡不振，磕磕绊绊地拖着行李，但还是一下子被大海的气息和一阵冷冽的微风击中。有些日子没能像这样品尝海风的味道了。一块指示牌上写着“北部群岛渡轮由此向前”，即使不看我也认得路。傍晚五点，我登船，在夜幕降临时驶入北海。

这艘从阿伯丁到奥克尼的渡轮装修得好似酒店，可这也藏不住它每天颠簸往返于喜怒无常的北海、充斥着一股呕吐味的事实。地毯上繁复的纹样是为了掩盖呕吐物留下的污渍，座椅用链条固定在地板上，以防在暴虐的大海上翻倒或滚到船舱另一头。每当广播中传来船长的话音，通知乘客前方可能“略微颠簸”

① 世界上第一座钢铁桥。

时，我就清楚地知道奥克尼人的潜台词是：别吃东西了，该吞一片晕船药了。从前有人教过我，如果感到要晕船，双眼紧紧盯住地平线就会好些，而眼下我只想睡觉。

分不清那些呕吐的人是喝多了还是单纯被海浪搅
和的。我盖着外套躺下，身下是被海浪摇撼的地板，
一对母子打着手语无声地争执着什么。奥克尼口音在
舱室里四下飘荡，我已经几个月没听过这个调调了， 85
它让我回忆起从前的同学和邻居，那种凯尔特式的抑
扬顿挫和格拉斯哥话很不一样，介于威尔士和斯堪的
纳维亚方言之间，带着点忸怩和嘲讽劲儿。“乡音”并
没有给我带来慰藉，反而激起一阵忧虑，往昔那种格
格不入的感受又袭上心头：我太高大、太像英格兰人，
所以被困在了那块“大石头”上——“大石头”，沮丧
的青少年们就是这么称呼奥克尼的。

我从吧台买了一份奥克尼报纸，兴味盎然地阅读当地新闻，但又很怕一路上撞见认识的人。邋里邋遢、垂头丧气、皮肤暗沉、神经过敏，我并不情愿承认自己就这样回来了——在外头混不下去。一旦你曾经生活在别处，是否还存在真正意义上的“回来”？如果

你从来不“属于”这里，那么还能叫“回家”吗？我不知道。

已经几个月没碰过酒了。别人夸我“干得漂亮”的时候，我依然觉得自己是个骗子。我想喝，忍得了一时忍不了一世。可一天又一天过去，还是忍住了。也许这就是人生，我想，这一日日的搏斗、这谨小慎微的生活便构成了所谓的奇迹。

上次回来的时候，渡轮上的整整七个小时我都是在吧台前度过的，最后由陌生人扶着才下得船来。这次午夜抵达柯克沃尔时，我还能稳稳站在甲板上，感受咸涩的风拂过脸颊，港口的灯盏在夜色中移到身边。母亲接到我的时候，我看到她松了口气。

回母亲家的路上，我坐在车里想起我和弟弟还很
86 小的时候，她会一边开车一边把手伸到后座上摸摸我们的脚脖子，确认我们还安安稳稳地坐在位子上。即使是现在，她有时也还会这样做。

母亲现在就住在柯克沃尔，即奥克尼主岛上的主要城镇。农舍出售以后，她买了这套宽敞的平房，多余的房间租出去，今晚有一间免费留给了我。房子里有从农舍搬来的老家具、照片和陶器，可我从来没在

这里生活过，这不是我的家。进屋后，母亲给我沏了杯茶，我们在那张大大的厨房餐桌旁坐下，就是从前在农场上，我们四口之家围坐着吃饭的那一张。

满月前后，母亲会去斯凯尔湾给英国皇家鸟类保护协会一月一次的海滩鸟类调查做志愿者。她沿着高潮线一路步行，寻找死鸟、辨别种类并计数。这些发现可以提供关于鸟类疾病、食物短缺和石油泄漏的信息，好在所获通常不多。到奥克尼几天后，我也加入了她的行动。途中，我们越过海湾眺望农场，这是母亲近来离曾经的家最近的一次。我们找到一只死掉的暴雪鹱、一只死鸬鹚和一头死羊。

母亲开车回柯克沃尔去了，我沿着海岸上行，从海滩走去农场。就像戒瘾中心教导我们去做的那样，我感受到了自己对这个地方的情感：当建筑物出现在视野中时，爱恋在心中涌起。如今农舍里住的早已不是我的家人，可那毕竟是我走出来的地方，对我而言独一无二。 87

父亲还留在农场，不过晚上大多在女友家过夜。我靠着旧冰柜坐下，回想这些年的所有变故，然后决定走去外野散心。父亲在他的拖车里和我说起了“震颤”的事，我们还一起去喂了牛。

我在母亲那里住了几周，睡得很不少，起来以后就刷刷招聘网站、申领失业救济金，也参加过柯克沃尔当地的几场匿名戒酒会。母亲接纳的是我最糟糕的一面，她善良可亲，理解我、支持我，而我总是乱发脾气。在奥克尼，我似乎又回到了叛逆的青春期。我知道我戒了酒她很高兴，但我刻意对这件事避而不谈，不然就好像承认自己过去做出了错误的选择，证明了她是对的。

回到岛上后，暴风雨接踵而至。即使镇上不同于农场，花园里有树，也有别的建筑一起扛风淋雨，但母亲的房子还是在风中瑟瑟作响。白昼短暂，我总是睡到天光大亮。圣诞节期间，我还去了一趟曼彻斯特，探望弟弟和他怀孕的妻子。生活前进如常，我又回到了奥克尼，我明白，除了戒酒，我还需要让自己做点儿别的什么。

上个月的狂风暴雨如此猛烈，北风达到了飓风级，大地被雨水浸淫，以至于农场四周一段段用大块灰色板岩堆成的干石墙遍地倒散，哪怕它们已经在强风中屹立了一百五十年。

风暴过后的清晨，我沿着海岸散步，寻找浮木和 88
宝藏。我发现篱墙的内陆一侧有一坨不同寻常的东西：一只海豹，可能是被一个大浪抛进去的。一只迷路的幼小动物，被刮离了原来的航道。

我也是被浪打回这个岛上来的，戒酒九个月，饱经潮水搓磨，洗刷得干干净净，像一块卵石。艰难的一年行将终焉，我回到家，回到形塑了我的风中，海盐将我磨蚀得生疼。人生从头来过，我却不知该拿它来做什么。我打算让自己做点有用的事：回到农场利用短暂的白昼修复石墙，晚上就在父亲的拖车里过夜。

雨下了整整五十四天，整个十二月只出了八个小时的太阳，随后一月现出了它的魔法：梦幻的夕阳倒映在沉静的海上。母亲开车把我和我的行李送到农场。终于有机会做些有用的事了，这让我欢欣鼓舞。从前父亲就教过我怎样筑石墙。慢工出细活，一堵石墙实际上由两面墙构成，外立面相对平整，两面墙中间松散地填充一些小石块，顶上再垒上大石头把它们合二为一。虽然修复坍塌的石墙比从头垒一堵要容易，可也不是不动脑子的活儿：我需要不停地观察，设想排阵布局的方式。我根据形状和大小对这堆不规则的石头做了分拣和评估，就像在拼一幅坚固耐久、独一无二的3D拼图。

石块沉甸甸的，历史久远，现代技术在它们面前显得不堪一击。我随身带了一台数码相机和一把大手槌。蹲在石墙背后抽烟时，我注视着太阳在南天走过它短暂的旅途[①]，跨越斯凯尔湾和霍伊岛上的山丘，最
89 后浸没在大西洋的海平面下。这番情景让我完全把石墙的事抛到了脑后，开始以数十年、数百年而不是几天、几个月的尺度去思考。我想到最初筑起这堵石墙的人们，那个时代的农场都会雇佣许多工人。我不知道我修复的这一段是不是也能屹立不倒几百年。我的人生漂流迁徙，可我希望我的墙能天长地久。

暮色四合中，农场挣脱了时间的轨道，两匹巨大的马从雾中走来，恍若时光行者。在我小的时候，下面的海岸上还留有役马的骸骨，它们是被不得不用拖

---

① 位于北纬59° 的奥克尼主岛，冬季太阳高度角极低，白昼十分短暂，太阳仅低低地出现于地平线以上。

拉机取代马匹务农的农民们射杀在那里的。在《马》中，奥克尼诗人埃德温·缪尔想象一群怪马在未来的末日审判后回到了草场上。眼前的这两匹克莱兹代尔马就在父亲的悬崖草场上吃草，就像诗里写的那样，它们回来了。

搬起最后一块大盖顶石垒在最上方，两边合龙，墙终于修好了。我仰面平躺在上面，让自己的头倒垂在墙缘外。世界上下颠倒，我望着天空，仿佛在俯视它，它那么纵深宽广，不再是二维平面的一道弧线。云朵铺成的条条小径伸入大气层。

我正在学习识云，就像别人观鸟一样观察云彩。国际云分类系统按照族、属、类三个层级对云进行了划分，分别用拉丁文命名。位于高空、如丝如缕的云称为卷云（cirrus），其中鱼骨状的叫作脊状云（vertebratus）。层云（stratus）是一种灰色的、没什么特点的大云毯，在一年中的这个时节很常见，根 90
据能否被阳光穿透分为蔽光云（opacus）和透光云（translucidus）。一天下午，我还目击了少见的荚状云（lenticular cloud），被风吹出雪茄的形状。

我开始对新近观察到的一种气象学现象产生兴趣——夜光云（noctilucent cloud），顾名思义就是会在夜间发光的云，是云中海拔最高、最罕见的一种，浮在高层大气中。不同于大多数的云，夜光云由冰晶而不是水滴构成，通常我们是看不见它们的，但在仲夏时节夕阳刚刚下山的深曙暮（deep twilight），地球的弧度让它们能够抓住最后一束阳光。

夜光云有时也被称作"太空云"，首次观测记录可追溯到一八八五年，也就是喀拉喀托火山爆发的两年后。据推测，火山爆发、陨石坠落或航天飞机尾气带来的尘埃构成了凝结核，然后形成了冰晶。我喜欢这种想法：污染物也能制造美。

妄图将瞬息万变的云彩分类的做法似乎荒诞不经，但这种定义天空的尝试为我打开了新的视角：奥克尼诡谲多变的天气中蕴含着美，而雨不过是衰变的云。

就像我在伦敦回望这片群岛时觉得它仿佛不属于现实，如今看朋友们在网上谈论日料店、新酒吧、高峰期的地铁，感觉是那么魔幻。我的指甲沟里嵌着尘垢，嘴唇被风吹得裂开。

在修补石墙的同时，我也在修补我自己。我在修

筑内心的长城，每当想喝一杯而忍住没喝的时候，大
脑里新的神经通路就强化了一些。在我能够开始重建
石墙之前，必须再将它推倒一些。我必须充分利用手 91
头现有的石块，不能花太多时间担心自己正垒着的这
堵墙是否完美。我必须不停地垒下去。

有一晚，我正在拖车里休息，风暴突然再次袭来。拖车上虽然压了足量的重物加固，单薄的壁板还是不住颤抖，大风加冰雹砸着窗，如同颠簸在海上。

我会梦见自己喝酒。实在太渴了。每个晚上，那些一度被遗忘的地点都会闪回脑中：火车上，四个陌生男人的桌子底下，我躺在地板上，似有若无地恶心想吐；西班牙小镇上，深夜里四处胡乱捶门，想找一家夜店；伦敦某台取款机前的人行道上，凌晨哭着给前男友打电话，无人理睬；醉后醒来，发现床上还有别人，可我在喝断片前，和他没有交集。我多么希望这一切都没有发生过。

半梦半醒中，我的意识穿越到了过去——在我努力入睡时，经常会这样——回到我被逮捕的那个晚上。搬出和前男友同居的公寓之后，心碎的我回奥克尼待

过几周，努力想找回冷静，但无济于事。在通往耶斯纳比悬崖的路上，警察截住了我。他们接到报警称，我喝空了两个酒瓶，情绪明显极度低落地开车走了。他们在那条路的尽头候着，可我并没有一路开到悬崖。
92 悲伤成狂的我驶向了农场。我只想回家。

我醉得那么厉害，闭上一只眼睛才能看清马路中间的白线，就在这时撞上了绿化带，一声恐怖的钝响之后，汽车倒是重新发动了，倒回了正路上。有片刻我感觉自己在翻越无边无际的石头海，想要寻找一个安全的地方，却找不到。酒精承诺给予我解脱，即便如此也不管用，身体表示拒绝——我捂嘴想吐，同时强迫自己灌下更多的酒。

看到蓝色的爆闪灯时，我一开始还纳闷儿：流动冰激凌车怎么会开到这么乡下的地方来。当警察抓住悲伤、顺从的我，将我塞进警车后座时，我说：“我没想伤害任何人。”

在被大风摇晃的拖车里努力入睡，汽车撞上绿化带的肌肉记忆一阵阵震颤着我的头脑和身体。刚要睡着，又被震醒。我的车一次又一次冲出正轨。

酒驾被捕、辞职戒酒、厘清症结，所有酗酒给我带来的痛苦和失落、所有因我坚持戒酒而重获的生机……已经发生的一切并没能阻止酗酒的欲望频繁穿透我，它像一阵电流穿过全身：好歌入耳时，云破日
出时，怒火中烧时，或者想要打电话给某人，向他们 93
倾诉喜悦时。酒精与我生活的方方面面紧密编织在一起，所以我要花上不少时间才能拆开，建立起新的行为模式和反应机制。垒一堵结实的石墙需要时间。

过去五年，我换了十次住处，家当寄存在伦敦各地不同朋友的阁楼和车库里——不安和不专的物化表征。七零八落的生活，从来没有过家的舒适。我看待喝酒或许类似于你幻想一场外遇。我知道我不能这么做，但如果天时地利，神不知鬼不觉，我们或许可以找个周末大胆偷情——我们，我和我的酒瓶。

每晚脱下连体工作服和手套后，我就躲进笔记本电脑的荧光里，忍住不碰酒。我想喝，但更希望自己内在的某种东西会发生改变。我回来了，回到这片衰变的云和深沉的天空底下，生活在我之为我的这些元素中。我想看看这些自然力量能否像盖顶石那样帮我稳住重心，止住震颤。

11

Ambergris 龙涎香

95 沿着海岸上行，距离农场大约一英里处有一具鲸尸正在峡湾里腐烂。我爬下山岩去察看，巨大的内脏四散在海草和浮木间，外皮像一张地毯，摊开在鹅卵石滩上。研究鲸鱼残骸的时候，一个大浪打来，一不留神我被扑了个正着，虽然跳上了九英尺高的鲸脊骨躲避，雨靴里还是灌满了海水和腐烂的黏液。

现如今，鲸鱼搁浅是一桩引人好奇的稀罕事，又带有几分悲剧色彩，但在不远的从前，这可是一座发财的宝库。如果足够新鲜，鲸鱼肉可以食用，鲸脂可炼成油来点灯、做润滑剂，或者用于制作肥皂和其他副产品。鲸骨是建筑材料，也能制成紧身胸衣。你只需知道你要找的是什么。今天的观鸟爱好者们知道鲸鱼的尸身会招来罕见的鸟。就在我观察这头死去的长

须鲸时，只有在北极才常见的白鸥、冰岛鸥、北极鸥
都在峡湾附近盘旋。这些迷鸟也被大风吹来，于是待 96
上几天，趁机饱餐一顿。

几千年来，鲸鱼以各种方式被奥克尼人加以利用。帕帕韦斯特雷岛上拥有五千年历史的霍沃尔遗址（Knap of Howar）就出土了一把鲸骨锤。有一种考古学论断认为，斯卡拉布雷遗址里，那些现在早就没了屋顶的新石器时代的房屋就是用鲸鱼肋骨做梁，上铺兽皮，然后叠加草皮建成的（因为岛上缺树）。比人类身高高了一倍的大鱼骨支撑起一个温暖的家，就像心脏被护在胸腔里。

十八世纪末，捕鲸船会在前往北冰洋的途中停靠奥克尼群岛，装备新鲜补给的同时招募划桨能手。在赫尔曼·麦尔维尔的《白鲸》里，叙述者以实玛利说：“究竟是怎么一回事，那可说不上来，不过，岛民似乎生来都是最优秀的捕鲸者。‘裴廓德’号上的水手，就几乎全是岛民，也是一些与世隔绝的人。”①

---

① 参考《白鲸》曹庸译本（上海译文出版社，2021 年），下同。

一九五五年三月十四日，春分临近，风大浪高，六十七头巨头鲸搁浅在韦斯特雷岛的科特角，也许是结队捕猎时离岸太近，也可能是被恶劣的天气逼到了这里。我试着想象当时的场景，还有岛上为这意外的收获而洋溢的兴奋之情。一九九四年十二月七日，又有十一头抹香鲸在桑迪岛的巴卡斯凯尔湾搁浅，此时鲸鱼已被视为保护而非捕猎的对象。它们为自己的重量所累，动弹不得，第二天早上就死了。

在奥克尼主岛西北最远端，靠近名为伯赛堡垒的
97 潮汐岛和渔民往来的斯基匹峡湾之处，坐落着当地的地标“鲸之骨”：肋骨竖立，头骨的部分横陈着。大约一百三十年前，当地人把一头冲上岸的鲸鱼利用殆尽后，将骨架安置在这里，它自此备受喜爱，多年来许多次被风刮倒又许多次被复原，如今是众人遛狗路线的折返点。我见过一张以北极光和银河为背景的照片，这原始而可怖的骨头雕塑，被黄色的地衣披覆、侵蚀。

几周前，父亲和一位在海滩上拾荒的朋友聊天，问到他在岸上可能捡到的东西里，可以想见的最好的

一样是什么。“龙涎香。”他回答说。龙涎香是一种罕见而极其珍贵的物质，形成于抹香鲸的胃袋里，随后被呕吐或排泄出来，浮在海上或被冲上岸。父亲的朋友形容说它是蜡质的，颜色介于白、灰和琥珀色之间。这时父亲接茬道：“哦，那东西我们家有！”符合描述的一块不规则蜡状物已经在拖拉机棚里放了几十年了，父母三十多年前买下这座农场时它就在那儿。

我们读了能找到的有关龙涎香的所有资料。麦尔维尔写道，龙涎香“质软，呈蜡黄色，非常馥郁，是被大量使用于香料品、香锭、名贵的蜡烛、发粉和香油的东西。土耳其人用它来煮东西，也把龙涎香带到圣地去，如同人们为了同样的目的把乳香带到罗马的 98
圣彼得教堂去一样。有些酿酒商，还在红葡萄酒里滴它几滴，增加酒香”。在网上，我们查到香水制造商令人讶异的描述，说龙涎香中的“费洛蒙”有“催情作用”，“尤其受女性青睐，她们本能地对吸引男性的气味十分敏感”，有人声称它能“治愈帕金森综合征”。我们还围观了eBay网站上的竞拍，每克龙涎香的成交价高达四十美元，堪比黄金。

在父母刚搬来农场，我还未出生的时候，房前屋后散落着鲸骨。我记得小时候顺着石墙往上爬，能站到墙顶巨大的鲸椎上去——那是一堵半是墙半是动物遗骸的东西。这些遗迹都关联到了那些海兽身上，让人越发觉得家里的那块东西就是我们所期望的龙涎香。它现在的形状、大小近似一块飞饼或者说一个马桶圈，不过在父亲印象里，它的形状一直在变——一开始放在桶里，就成了桶的形状，后来摆在谷仓的地上，慢慢就摊平了。它看上去不过就是农场里的一块废料，很有可能随手就扔到篝火里或者拿去堆肥了。

我们的财宝——值多少钱？五万英镑？一百英镑？——可能一直都在牛棚的地上躺着：解除家中财务危机的答案就在一块鲸鱼呕吐物里！正如以实玛利所说：“谁想得到那些高雅的太太老爷们往自己身上洒上的一滴香精，竟是从一只病鲸的不干不净的肚皮里取出来的呢！”

我们拿家里的这个宝贝做了很多次实验，取小块融化、捣碎，看里面有没有墨鱼嘴，这是鲸鱼消化物
99 的确定标识。把烧红的针戳进去，会冒出一缕令人满
意的白烟，虽然也会散发出某种气味，但不完全符合我们读到的描述：“同时带有泥土、海洋和动物气息的

特殊芳香。”我们也注意到，农场上的狗和老鼠对它从来不感兴趣。在拖车里，父亲和我开玩笑说，我们做实验耗费掉的这点东西就值好几百英镑，但是我们浪费得起。到目前为止，结果还是未知数。

在戒酒第一年患上抑郁症的情况非常常见，我努力不让自己陷落，不去想念过往生活的喧嚣与无限可能。戒酒以后，我害怕发生的事有很多，首要的一桩就是“失去锋芒”。我指的是自己潇洒不羁的一面：我的朝气蓬勃、对万事万物的不知餍足，我的青春和性生活——眯起眼睛、双唇饱满，乐于在悬崖边缘试探，也不惮于口无遮拦，享受未知带来的兴奋感。

我不想变成道貌岸然的圣徒，对啜饮波普甜酒的青少年发出不满的啧啧声，也不想重复治疗中的那些陈词滥调，还有那种教会牧师似的布道语调。

可现实是，我的锋芒早在之前就已经钝化了。听到一首出色的音乐作品时我会想，要是在夜店或是现场演出中和大家一起听，想必棒极了，但真到了那种场合（如果我在家喝了太多杯“灵感激发剂”之后还能出门赴约的话），我已经醉得听不进去，更不用说享

100 受或记得音乐和对话了。当着一大帮熟人的面，又踢又叫地被保安从夜店里赶出来时，我的锋芒在哪里？我甚至想不起被驱逐的理由，事后也不好意思去弄清。一手拿着啤酒瓶、一手拿着红酒杯在派对上抓住任何愿意倾听的人，哭诉男友因为我酗酒离开了我，这一点也不酷。用一连串难以理解的醉后诘问毁掉朋友的诗歌朗诵会，或者赖在酒吧洗手间的地板上，任朋友怎么拽也不起来……种种姿态都不好看。

酒精对我不再有用。我记得自己醉到倒地，却仍觉得隔靴搔痒，即使买醉也不能填补空洞。酗酒那令人精疲力竭又百无聊赖的恶性循环可以一直轮回往复，我本会变成一个四十岁、五十岁、六十岁的悲伤孤独的醉鬼。可最终，我追寻着一个从未被应许的承诺，寄望于身边大自然的惊奇能够激发我的创造力。

未知笼罩着农场。开发商来过，他们有意买下外野。正值一年中财务拮据的时节，羊群还未卖出，他们大手笔的出价颇具吸引力。至于龙涎香，则诱惑着我们相信这样一种可能：这片土地或许会带来意外之财。

下一步是从我们的“龙涎香”上取一份小样，寄 101
到法国香水制造商或者新西兰贸易商那里接受鉴定。也许我们是有意拖延时间，好把银行资产翻几番后买上好几台新拖拉机的白日梦做得久一点，心里其实清楚，如果一件事看起来美好得不像是真的，那么它很可能就不会成真。也许很快我们就会得知自己拥有的不过是一坨一文不值的蜡，而现在它仍是一个奇迹、一种财富幻想，是被大海冲上岸来的魔法，归功于一头鲸鱼的消化不良。

很久以前我家农场上有个铁匠铺，一名铁匠会帮助周边人家修缮农具和马拉的犁具，后来也修拖拉机。父亲把我们的样本寄给了巴黎的一家香水公司，他们最后回复说它可能是一块原始形态的动物骨蜡或骨胶，不是龙涎香。谜底令人失望，但是，它虽没有将我们与大海相系，却把我们与铁匠熬制的骨胶以及马蹄联系在了一起，汇入农场的历史之流。

12

Abandoned Islands 弃岛

103 直到那年晚春，我才第一次见到活生生的鲸目动物——鲸、海豚和鼠海豚类的总称。我们当时正乘坐一艘小型充气橡皮艇从无人居住的科平赛岛回程，忽然被一小群港湾鼠海豚围住。船长关掉了引擎。它们间或浮上水面，一共六到十头，和人挨得那么近，以至于你能听到它们的呼吸声。在设得兰群岛一带，鼠海豚俗称“呢嘻”（neesick），就是模拟它们的叫声。小船上的我们和它们几乎处在同一水平线，每个人都屏息静气，压低了嗓音悄声说话。我一直都知道附近海域有鼠海豚出没，但真的看到它们、被它们环绕的感觉比想象中还要动人。在那座小岛上度过了奇妙的二十四小时之后，没想到还能收获这样一份意外的礼物。

12 弃岛

苏格兰以北的大海中散落着许多无人居住的岛。二十世纪中叶，人口衰退的影响如此巨大，以至于最后的居民也弃之而去。人类在这些小岛上生活了少说 104
也有几百年乃至几千年，可是此地维生的艰辛以及别处更美好的前景，让这些群落最终走向了消亡。大多数情况下，小岛居民是小股小股逐渐流失的，在某些极端的例子里，比如外赫布里底群岛的圣基尔达，整个社区一下子全搬空了。一九三〇年，英国皇家海军“风信子”号舰艇运走了最后一批居民。

在奥克尼群岛中，荒弃的岛包括卡瓦岛、法雷岛、法拉岛、艾因哈罗岛、斯沃纳岛和科平赛岛。在这些孤寂的岛屿上，如今一切任由大自然摆布，空置的房舍因年久失修而倾圮，农田恢复成了原初的荒野与沼泽。

艾因哈罗岛是一座“圣岛”，被认为是传说中会消失的神秘岛赫瑟布莱瑟和希尔达兰，在奥克尼历史以及讲述九、十世纪北部群岛维京国王与侯爵事迹的北欧-奥克尼群岛传奇中扮演着重要角色。一八五一年，伤寒大流行，岛主将所有农户迁出了岛。为控制疫情，茅草屋顶和木制隔墙被付之一炬，古老的修道院的建筑结构显露出来——原来老教堂已被人们当作栖居的寓所居住了好几代。

斯沃纳岛上，一九七四年最后的居民离开时留下的牛群已经野化，年轻的公牛通过决斗争夺领导权。与此同时，环保组织会专门派人一连几天待在无人岛上给野猫做绝育以控制“猫口”，因为这些家猫的后代十分擅长捕食鸟类和掏鸟蛋。至于卡瓦岛，从一九五九年一直到二十世纪九十年代初，岛上只有两
105 位居民——艾达和梅格，两位女性。

从前坐渡轮从奥克尼去约翰奥格罗茨附近的吉尔湾的途中，我经过另一个被荒弃的岛——斯特罗马岛，它实际上不算奥克尼的一部分，属于斯凯内斯地区。单单是岛屿东岸的房舍就多得吓人，现在全都空着。人口最多时，斯特罗马岛上住了五百人，随后逐年下降，最后一批居民在二十世纪六十年代离开，搬到正对面的敦雷核电站工作和生活。岛上大部分地方仍然完好地保存着城镇的形貌——码头、教堂、学校、灯塔，只是一年到头都没有人。

科平赛岛位于奥克尼群岛东部，全长一英里，宽半英里，一九三一年人口数量达到巅峰期的二十五人，

但到一九五八年，最后的岛民也动身搬去了奥克尼主岛。这一次我回奥克尼停留的时间比计划的要长，便抓住机会去探索它的边缘地带，与海鸟研究人员朱丽叶和伊万一起到科平赛岛上过一夜，他们将在那里对暴雪鹱、欧鸬鹚、三趾鸥和刀嘴海雀展开研究。这个岛现在属于英国皇家鸟类保护协会划定的保护区，夏季是成千上万只鸟儿筑巢的栖息地。定班渡轮显然是没有的，我们搭的是本地船主西德尼的小型轮船，从奥克尼主岛东部他家门口的小栈桥出发，一共航行了四十二分钟。

西德尼把船停靠在科平赛岛摇摇欲坠的小码头上。往上走就是一栋废弃的农舍，我在楼上的卧室里搭好了帐篷，在屋檐下过夜好歹比在外面的大风里暖和一
些。这房子和我打小住的农舍惊人地相似，都是在古 106
农庄基础上改建而成的十九世纪晚期奥克尼农场建筑。科平赛岛上的人类居住史可以上溯到铁器时代，中世纪的斯堪的纳维亚人称它为“科尔贝恩赛”，意为科尔贝恩的岛。鉴于这里拥有极其开阔的海上视野，科尔贝恩也许是某个维京首领的名字。

格罗特一家是最后离开这里的，他们家有十三个

孩子，我在朽烂的楼梯下面发现了标着他们名字的挂衣钩：贝茜、伊索贝尔、艾丽斯、伊娃、埃塞尔……还有床和其他一些家具没搬走。有一间房间曾被用作教室，一名教师受雇前来给格罗特家和灯塔守护人的孩子们上课。灯塔是除此以外唯一有人住的地方，后来在一九九〇年也实现了自动化。

在空屋里四处探险的同时，我想象着孩子们在教室里学习、在农舍前带顶棚的小片海滩上玩耍的画面，如今的寂寥令人感伤。但这里生活条件的原始也是显而易见的。这座岛只能提供最低限度的生存所需：它只是一块楔形的大石头，东北方向正对高耸的峭壁，暴露在海风中，被盐染指的土地只够放牧少量牲口。这里养活不了那么多孩子，随着父母年岁渐高，他们都先后离开了。奥克尼很多地方的人都是格罗特家的后代，“科平赛棕仙”[①]的故事也随之传开了：棕仙是

---

① 民间传说中的科平赛棕仙（Copinsay Brownie）体型近似人类或稍小，丑陋而赤裸，有着潮湿的、会在黑暗中微微闪光的革质皮肤，头顶秃而平，有细细的海草状胡须。作为让它住在岸上的回报，棕仙每天晚上会为农夫磨好足够的麦子做早餐。获得主人赠予的衣物后，它便会永远离开。

丑陋但非常能干的海精灵，有个农民想要杀死它，但
它躲开了攻击并解释说，只要被允许待在岸上，它愿
意在农场上干活。它厌倦了啃食溺水者尸骨的日子， 107
不想继续生活在海里了。

科平赛岛有多么寒冷阴郁，就有多么美丽炫目。它的北边是无法登陆的更小的微型岛屿“科平赛之马”（古斯堪的纳维亚人喜欢把小岛比拟成动物），峭壁笔直地从海中升起。五十多只海鹦在岸边结群游泳，还有更多栖息在崖顶的海石竹丛中。从崖顶望去，风景是整个奥克尼群岛数一数二的：至高至大的天幕下，岛屿以陡然之势一路俯伸向农舍，与一弯弧形的潮汐堤道交会，堤道串联起三个浅浅的离岸小岛，向远方的奥克尼主岛方向延伸。

一九一四年以前，大胆而饥饿的岛民会在科平赛岛上展开“野禽捕猎”，攀上悬崖峭壁去捉海鸟，取它们的肉和蛋，收集羽毛另作他用。在奥克尼方言中，这叫“海雀狩”。如今，人们出于研究和动物保护的目的才捉鸟。我跟随朱丽叶和伊万在悬崖和峡谷间找鸟。他们往悬崖下探出一根八英尺长的钓竿，伸到欧鸬鹚的巢里，伊万利用某种套索把鸟套住、钓起，交给朱

丽叶，她接住扑扇着翅膀大呼小叫的鸟，往它的脑袋上蒙一个袋子。GPS追踪器被小心地绑在背部的羽毛上，在接下去的几天里，追踪器每隔数百秒就会发出卫星信号，定位这只欧鸬鹚的所在地。整个操作十分高效利落，鸟儿很快就被放归自然，不过下周他们还得来重新捉住这只鸟，回收收集的数据——为了寻找食物，它飞了多远，去了哪里。这将补充现有的生物学记录，完善政府的海洋政策。

108 拥有一个属于自己的小岛给人以一种自由与禁锢交织的奇异感受。我一边在悬崖边解手，一边远眺挪威的方向，感觉自己像一个维京征服者。一年前，我还在伦敦的戒瘾中心里，现在却身处北海中的无人荒岛，躺在专为灯塔守护人而建的直升机停机坪的正中央，伸展四肢摆成一个“大”字，灯塔的影子盖在身上，北贼鸥在上空盘旋。我起身往回走下山坡，在海湾边的避风处睡了一个小时，梦见自己变成了一只住在高耸岩架上的海鸟。

本打算步行环岛一周的，但我很快就遭到了鸟儿的阻击。悬崖边，北贼鸥为了护巢，向我发动了俯冲轰炸，能听见有一只就在我头顶正上方不停地发出飕飕声。我用手护住脑袋，弯下身子极速溜出了那片区域。

沿着潮汐堤道登上科恩岛，顿觉科平赛岛上的冷清农舍相比之下都文明开化了许多。作为几周以来踏足此地的第一个人类，我的到来惊起了一滩海鸥和灰雁，体型巨大的大黑背鸥在上方盘旋着恐吓我，暴雪鹱在巢里一阵骚动，嘎嘎惊叫起来，有几只还朝我的方向发射驱逐不速之客的呕吐物。我只好转身上了沃德岛，却听见一阵像B级片里鬼屋闹鬼似的音效——此起彼伏的呻吟声，还有类似食尸鬼的嚎叫声——愣了一会儿才意识到自己闯进了正在岩石上晒太阳的灰海豹的领地。一看到我，这些大块头、带斑点的灰色哺乳动物就偷偷滚进了海里，也不游走，就扭着头待在那儿，每一双眼睛都盯着我。

我开始担心自己会错过从潮汐堤道返回的窗口期，
被潮水围困在小岛上，于是决定缩短行程，不再继续 109
冒险去名字听上去就不太吉利的黑暗岛。虽然没撞见棕仙，但还是步步惊心。人类从科平赛岛撤离后，这里已经成了鸟儿的地盘，我这个外来者不宜久留。

关于无人岛上的生活，我想了解更多，于是就去韦斯特雷岛拜访了马库斯·休伊森。他虽然一直住在韦斯特雷，但曾在无人定居的法雷岛上务农三十九年。牧场是从苏格兰教会下属的斯图尔特基金会那里租的，包含整个三百英亩的岛屿和一百英亩的附属小岛。我在他家吃着家庭烘焙面包，听他讲述如何在法雷岛上放养多达六百只母羊，如何开着自己的木帆船到岛上去照料它们。他是这年头少数有能力同时驾驭大海和土地的农夫，过去这在奥克尼其实很普遍，时称“渔农”。帆船在峡湾停稳之后，登岛无论对于人类还是动物而言都需要好一顿攀岩跋涉。以往每年的产羔季节，马库斯都会带上几个帮手去法雷岛待上两三周，就住在旧校舍里。

法雷岛上总共有十一幢房屋，但一九四七年以后就再没有人全年居留。曾经的岛民有少数还生活在奥克尼主岛上，如今都年事已高。马库斯第一次去法雷岛时，旧校舍的窗户都破了，鸟和羊钻了进去，多达
110 五百只大黑背鸥的聚居地必须进行清理，因为“小羊还没来得及从母羊肚子里整个生出来，就快被它们扯掉舌头了”。

马库斯总设法在法雷岛上做些新尝试，有一次往岛上引进了六头马鹿。当时的奥克尼已经没有鹿了，只出土过鹿角，所以这可算是一种“马鹿复兴”。众所周知，把鹿圈定在一个地方是很难的，马库斯认为把它们放到小岛上或许是良策。可没过多久他就接到一通电话，说他的鹿出现在了隔壁的埃代岛上——它们游了不止一英里远，偷渡到了海峡对面。他描述了他怎么跑去埃代岛，把鹿赶上海滩，又怎么用索套套住，折腾上船。不是所有的鹿都被“捉拿归案”，有一些后来游到了更远的格林霍尔姆岛，半路还淹死了一头。

法雷岛上没有兔子和大老鼠，只有小家鼠。马库斯有一次突发奇想，放养了一只野兔。整整六个月他都没再见到它，直到某天在雪地里发现一溜脚印：“我绕过转角，看到那家伙就在背后。”这只兔子活了好几年，最后被带回了韦斯特雷岛。

在奥克尼农场拍卖会上，马库斯最后一次卖掉了法雷岛上所有的羊。“见好就收吧，”他说，“这是我在一栏萨福克杂交羊身上拿到过的最高价。”

哈米什·哈斯韦尔·史密斯的大部头著作《苏格

兰群岛》包含细节丰富的地图、详细周密的说明、行
程路线及泊船信息，被视作岛屿爱好者与发烧友的圣
111 经。我拿着它一遍遍翻，和网络介绍、谷歌地图对照
着看，同时反复光顾“孤独小岛”（Lonely Isles）网站，
这个网站收录了苏格兰无人居住的岛和人烟稀少的岛。
我梦想逐一到访这些地点，遐想着过去岛上的生活是
什么样的。

就像赫瑟布莱瑟一样，这些弃岛在某种意义上只存在于虚幻中，因为过于人迹罕至，以致见于书本和传说甚于日常生活，现实中的它们只是海洋深处的一团影子。在幻想的世界里它们才是主宰。电影《世界边缘》①拍摄于设得兰群岛的富拉岛，影片设定在人口衰退危机下赫布里底群岛的一个虚构小岛，在这座岛上，目击奥克尼主岛意味着厄运将至，“苏格兰山丘！”是贯穿全片的不祥叫喊。

---

①《世界边缘》（*The Edge of the World*），由迈克尔·鲍威尔执导的英国影片，公映于一九三七年，灵感即源于前文提到的一九三〇年圣基尔达岛大撤离。影片呈现了工业文明威胁下失去活力、走向死亡的传统农耕社会图景，拍摄手法具有超现实主义色彩。该片得到众多知名导演的喜爱，包括后来的马丁·斯科塞斯。

人口衰退的真实故事，其扣人心弦的程度不亚于电影情节。转折发生在第二次世界大战期间：岛民们离家参战，开眼看见了世界。随着陆路在贸易运输中的地位超越海路，苏格兰群岛越发边缘化。这一波人口衰退的影响至今反映在一些小规模岛屿面临的问题当中。当一个社区连学校或商店都无以为继的时候，本地涵养和吸引人口的能力自然大为减弱。一座岛需要足够的适龄工作人口承担核心职能，维持交通运营。我和格罗特家的孩子一样，在岛上被抚养长大以后就离开了它。别处的生活方式始终有难以抵御的诱惑力。

在奥克尼群岛中较小的岛上，不仅身体受到海岸线的禁锢，而且你的营生、爱好、头顶的天气、交友的范围也都没有选择的自由可言。当科平赛岛和法雷岛被人们抛弃的时候，岛上的生活其实比二十世纪初 112
要舒适得多，岛民有充足的物资和服务可以支配，通信也很便捷，但诸多岛上社区还是在存续的边缘岌岌可危。

我曾有十二分的本能冲动背井离乡，历尽他方世界，但就像很多奥克尼年轻人一样，我也回来了。我回来，用全新的眼光审视家乡，思忖自己是不是也应该为了让小岛们“活下去”而贡献自己的一份力量。漂在伦敦时，整个奥克尼好像都是我凭空想象出来的。在“南边”，我发现一个人很难去相信这样的北域生活真实存在。而想象的力量对于生活在奥克尼的确至关重要，正如鼠海豚会像时隐时现的神秘岛那样从近处的海面冒头，让我们可望而不可即。如果没有这样的惊奇，群岛只会显得阴冷荒凉。

13

Lambing 育羔

上周，一头母羊要生三胞胎了，父亲留它独自生 113
产，大约一个小时后去探视，却意外地发现它身边只有一只小羊羔。他随即意识到另外两只在它身下——个头稍大的那两只都被压死了，只剩下那个小不点。当天晚些时候，这只羊宝宝开始便血，显然母羊也踩踏了它，脏器以某种我们不清楚的方式严重受损，它很快就死了。事实证明，这头母羊是个不称职的母亲，它的身上被用红颜料喷了一个“X”，这意味着它活不到来年了。

产羔季是农场一年之中最美好的日子，人们时而欢欣，时而崩溃，甜蜜与辛酸轮番交替。春天近了，我还滞留在奥克尼，于是决定再待一段时间，给父亲当育羔助手。伦敦方面的求职进展并不顺利，找工作

的热情也日渐减退，我还意识到自己其实有点怕回伦
114 敦。在岛上，在农场里，现在的生活似乎有助于我保
持健康、远离酒精。因为坚持严格戒断，我已经连续
一年多没碰酒了，绝对会让从前的自己刮目相看。

我轮到大清早当班值守，就是当年父母搭档养羊时母亲承担的角色，天还没亮就要摸黑穿好衣服去谷仓。晚上我睡在拖车里的沙发上。父亲照看羊群直至深宵，凌晨四五点钟来给我留下字条，详细说明最新出生的羊羔的情况和注意事项。到了羊圈，我要找出刚刚下崽的母羊，有时得把迷迷瞪瞪的五位羊妈妈和十只新生的羊宝宝各归其位，关进单独的羊圈。

总共有大约二百二十头母羊，平均产羔量一点八只，大多数产妇无需人操心，偶尔也有要我们搭把手的：单只的小羊个头太大，卡住了脑袋生不出来，要有人拉一把，或者一胎有两三只，四肢缠在了一起，得手动分离——还是小孩子的时候我就被叫来做这种帮工，因为我手小，比父亲好操作。

每个小时我都要到棚子和田地里转几圈，眼睛扫视羊屁股：我可不希望漏掉母羊临盆的任何一点蛛丝马迹，比如身子的朝向和其他羊不一致，独自躺倒在

地，或者困惑地大叫着直打转，等等。阵痛中的母羊会倒弓着背，鼻子朝天直指房梁，好像拨动的琴弦。如果一两个小时后小羊还没能生出来，我就会去叫醒父亲来想办法。

下午羊儿们会被放到草场上去吃草，我就趁这时
清理羊圈，一边把新的干草铺到被弄脏压实的旧稻草 115
上，一边听耳机里的说唱音乐。集乡下长工和城市流
行乐听众于一身不失为一桩乐事。休息时间我会去整
个农场唯一有网络信号的地方——田地正当中，坐在
一只倒扣的桶上码字发文章，雨靴上沾着羊粪，袜子
里钻了干草。

记忆里，孩提时的产羔季乱哄哄的，羊群无组织无纪律，血淋淋的悲剧时有发生。好在这么些年下来，养殖系统已经完善许多，羊群也听话了不少，你一叫唤，它们就会拖着沉甸甸的肚子慢吞吞地聚拢过来，排着队进大棚子里过夜。

我看到田地另一头有只新生的小羊羔，走近一点才发现它瘫在那里一动不动，想必夭折了。胎衣还满身满头地裹着，于是我用手指在它嘴边戳了个洞，像扯安全套那样把它扯掉。羊崽立马打了个喷嚏，抖了

抖身子，深吸一口气，然后元气十足地“咩”了一声。早已心灰意冷地走开的羊妈妈闻声一个激灵，一路小跑折了回来，开始舔它的宝宝。只消几分钟，小羊就会自己走路、喝奶，第二天就能在田里四处蹦蹦跳跳了。

产羔时节，我既要当体贴入微的助产士，又要做硬心肠的优生学家。由于每只母羊只有两个乳头，生了三个孩子的母羊通常必须把其中一只“过继”给别的羊。虽然我们称之为“过继”，实际上不如说是强迫收养。每当我把三只羊羔排成一排，挑出里面最大的那只，都感觉自己是二十世纪五十年代的优生医师。在产前检查中发现只怀了独生子女的母羊开始生产了：新生儿一降生，就会和它的准“兄弟姐妹”一
116 起放进温水桶里沐浴，胎衣和体液在血水里融而为一，这样，它们被送到妈妈身边时就会散发出相同的气味。偶尔有冒充亲生的小羊羔被认出来，被冷落一旁，不过大多数情况下都能瞒天过海。

育羔间隙，还有别的活要做——修补破损的石墙，除掉杂生的蓟草，给农场上四处啄觅的家禽撒粮。到最后，我对自己身体的关注点已经不是外表，而是确

保能好好干活：剪掉手指上的肉刺以防发炎，洗个热水澡可以按摩、放松肌肉。

弱得走不动路也喝不动奶的小羊会被抱进屋里，我们用吸管汲奶，轻轻地从它的喉咙口送进肚子。曾经，母亲还没离开，全家还住在农舍里的时候，我们会把它们放在炉边的纸箱里，几个小时后它们要么死去，要么暖和起来，有了足够的气力回到妈妈身边。呼哧呼哧的小羊羔躺在干草里，有一股甜香的奶味。

我步行上外野察看前一批羊，它们已经带着稍稍长大一些的小羊从农舍附近的田地转移到了山坡上。太阳徜徉在云间，涟漪般的影子投射在短草坪上。大地空无一树，草场、悬崖、天空、大海渐次以柔和的曲线向地平线伸展，所以我一眼就发现了那只远离羊群的早夭羊羔，眼睛和内脏已经被海鸥啄开，像一块小毛毯，摊开着。我用脚尖把它翻过来确认性别，喷在它身上的数字记号已经模糊不清，不过至少证明了它是双胞胎之一，它的妈妈还有另一个孩子要哺育。

大多数羊羔都是健康的，只需要往它们的肚脐上 117
喷些黄色的碘酒预防感染，就可以放到草场上。大人
教我抱小羊时要把一根手指放在两只前蹄中间，它们

会在你手里糯糯地扭来扭去，而羊妈妈寸步不离地跟在后面。

和煦的春日，大地容光焕发。羊羔在杓鹬和麦鸡咕咕冒泡似的漫歌里玩耍，远处传来海浪的韵律和隔壁农场上拖拉机的不规则噪声。然而一下雨，草场就会变得泥泞不堪，光秃秃的，羊群瑟缩在石墙背后，我除了大风吹过羊毛帽的声音，几乎什么也听不见。

四月出生的羊羔养到秋季会作为待育肥的小羊卖给别的农家，或者养过冬天，作为肉羊用船运到南边的屠宰场去。全英国连锁的大商超在售的“苏格兰有机羊羔肉”可能就来自我家农场。

大约十年前，父母把农场升级成了有机农场，引入的有机生产养殖系统不使用任何人工合成的化肥。用药方面也有具体的规定，非必要不用药，禁止日常投喂药物，此外还须保障动物福祉。因为不允许把奶牛锁在棚里过冬，我们改养了高地牛，这些披着长长毛发、长着黑红犄角的动物扛得住户外的一年四季。也不能再阉割羔羊了，这意味着小公羊和小母羊断奶后就要分开饲育。同样被抛弃的还有断尾的传统，事实证明，脏兮兮的羊尾巴上即便有飞蝇骚扰也不是什么大问题。

经过数年的“去化工化”，农场及其产品才获得有 118
机认证，之后每年父亲都要迎接有关方面的检查。现在，他用当地海鲜贝类加工厂的螃蟹残渣混合秸秆、牲畜粪肥和海草做天然有机肥，撒在大麦、燕麦田和重新栽植的草场上，这种混合肥可以帮助土壤涵养水分、矿物质和蚯蚓。单撒一层合成氮肥的做法已经淘汰，后者是石油工业的副产品。播种一片新草场时，会往草籽里添加些三叶草料，也是充当天然肥料。用上这些方法，草场和农作物的收成不会衰退得那么快。

我还记得从前喂给怀孕母羊的小鱼肉丸的气味和羊药浴水的气味。斯凯尔湾边的浴羊槽如今已经填平，变成了一片强风吹拂不息的野餐区。那时候母羊一个接一个被赶进撒了药浴剂的池子、按进水里，确保全身的羊毛都充分浸透，才好预防寄生虫。我像小狗似的被大人拴在一旁，以防到处乱跑，掉进辛香诱人的浴液里。

直到最近，我的目光才越过表面的肮脏和艰苦，看到农场生活方式的好处。在我还小的时候，父母都在自家农场上做工，从厨房窗口望去，总能看到身穿工作服和雨靴的身影，不是父亲，就是母亲。父亲随身带一本笔记本，写满了待办事项——购买饲料、修理链锯和给浴室重新刷漆，并列在同一张清单上。

有些农活要全家出动，比如割、晒干草。大人干活，放年幼的我和汤姆在田野里嬉闹，只要不过于靠
119 近拖拉机和压捆机。长大一点以后就得帮着干活了，先在田里把一捆捆干草码成垛，搬到车上摞好，运回农场，然后抛卸到谷仓里。满载的干草车体积堪比一座小房子，有一次拉车的拖拉机一个急转弯，连带着坐在上面的我、弟弟、母亲、帮工和狗都翻倒在路中央，幸好有干草垫着。

在育羔季的尾声，所有的成年羊和羊羔都要从农舍周边转移到位于高处的外野和山顶草场上——一个颇需要帮手的活儿。那场面我至今历历在目：我们把羊全都赶到田地一角，可劲儿往卡车上推。护着新生羊羔的母羊都会变得大胆无畏，不愿像往常那样乖乖就范，她们低头盯着牧羊犬，跺跺蹄子示威。逃跑的羊羔掀起一阵混乱，狗和小孩子被派去追赶这些或是惊慌失措、或是精神抖擞地四散奔逃的小家伙。

和许多中等规模农场一样，家里这些年来一直在

尝试多样化经营，做了各种各样的试验。父亲去别家农场替人剪羊毛，额外发展出了代磨羊毛剪的业务。这要用到一个危险的砂纸转盘，我青少年时代就被教会了做这份工，当时父亲最后一次发病住院，我替代他接待了顾客。我们养鸡养鸭，还养过好几代边境牧羊犬。我们有一头山羊、两匹马、几只散养的猫和数量在十头上下浮动的牛。最近，父亲又养了一些长相和声音都怪吓人的珍珠鸡、奇特的新西兰昆昆猪①，以及五万只蜜蜂。

* * *

农场上，出生和死亡对我们来说近在咫尺。满草 120
场蹦跶的小羊羔几个月后变成了一扇扇庞大的尸身，
挂在我们的游戏房里——没有送去屠宰场，是要留给
自己家和亲戚朋友们享用的。灾病和闹剧不时上演，

① 昆昆猪(Kunekune pig)，不需要圈养的长毛食草猪，头部硕大，圆胖、腿短，花色众多，体长不超过八十厘米。原产于新西兰，名称源自毛利语，是胖而圆的意思。

动物们会沿着小径溜走，最后在教区的某处被发现。高价新买来的公羊可能还没来得及履行自己的“使命”就死了，或死于和其他公羊的斗殴，或因为过度繁育精疲力竭。现在，新来的公羊会预先在一个布局紧凑的围栏里过上几夜，因为羊圈如果太宽大，会给它们足够的打架空间以至于闹出“羊命”。即便如此，农场上永远不缺新的烦恼，最近的一个是，“南边”的能源公司派来了调查员到处勘测，威胁着本地的安宁。

操持农活也唤醒了我与野生动物不期而遇的记忆：冷藏库里，一只天鹅撞上输电线而死；拖拉机驾驶舱里，惊现一只雀鹰；大海和小型淡水湖的交汇处，几次瞥见一群水獭的身影。

学校里，大家交流的话题不是“你支持哪支足球队”，而是“你最喜欢哪个牌子的拖拉机，约翰·迪尔、凯斯、马西还是福特”。我可从没加入过青年农民会[①]。我读音乐和时尚杂志，还有美国小说。而现在，我身上套着加厚连体工作服，正在茶歇时间上网冲浪。

---

① 全国青年农民俱乐部联合会（NFYFC）是英国最大的农村青年组织，该联合会包括英格兰和威尔士各地的各种青年农民会，帮助支持农业和农村的年轻人。

少年时代的挫败感蓦地卷土重来：我想穿裙子，我想去城里，但是我不能。我必须照管产羔棚。

送羊羔去草场的路上，路过农舍，我回想起从前我的小床床角那令人安心的一沉——是父亲或母亲 121
来给我掖被。老屋的吱嘎声和岛上的风一样深入我的骨髓，在伦敦，梦醒时分，有时我会以为自己还在这里——透过木楼梯的罅隙投射在床顶的一丝光亮，枕畔雨打窗扉的声响，还有我踩在石板上的光脚，透心凉。

职业介绍所之前一直对我挺有耐心，现在也开始施压，催我赶紧找工作，并把我的就业意向扩展到了全伦敦的办公室文职。无奈我只好开始每周查看本地报纸《奥克尼人》上的招聘启事栏，注意到英国皇家鸟类保护协会在为一个鸟类保护项目招募暑期临时工。虽然确信自己很快就会回伦敦过上“真实生活”，但这份启事里确乎有某种东西在召唤着我，我想，反正申请一下也不会有什么损失。

14

The Corncrake Wife 秧鸡太太

123 现在是周五凌晨两点，只有我的车头灯还亮着。我独自一人在田间小径上兴奋得手舞足蹈——听见叫声了，我知道，就是那种中等体型的棕色鸟儿发出来的。没想到我真的得到了皇家鸟类保护协会的这份工作，非但没有回伦敦，反而签了合同要在奥克尼继续待一整个夏天，为一个名叫“长脚秧鸡保护计划”的长期项目工作。

整个夏天，我彻夜不眠。别人徜徉梦乡时，我和家畜野禽为伍，在冥冥暮光中寻找一种罕见的濒危鸟类：长脚秧鸡。

长脚秧鸡（corncrake，又叫landrail）的形态和大小都近似黑水鸡，但大体是棕色的，有着姜黄色的翼和粉红色的喙，栖息在农田而非湿地里，从前一度在全英

国都十分常见。但它们的数量在二十世纪断崖式下跌，
如今只在西部群岛和奥克尼群岛有种群记录，因此名列 124
国际自然保护联盟的濒危物种红色名录。去年，也就是
二〇一一年夏天，这里只定位到三十一只鸣叫的雄鸟。

我的任务就是定位奥克尼群岛上每一只鸣叫的雄性长脚秧鸡——只有雄鸟才会鸣叫。我向公众征集线索，呼吁听到叫声的人拨打我的“秧鸡热线”。热线的彩铃设置成了一段秧鸡叫，以供人们参照，判断自己听到的是不是本尊。那声音就像在用信用卡划拉一把梳子，又像奏响了那种名为“刮胡”的拉美打击乐器，和这种鸟类源自拟声词的拉丁学名一模一样：“嗑哩嗑哩”（crex crex）。岛上的老人家都对这种声音熟稔于心，曾经这就是乡间夏夜的背景音乐。

除了从民间搜集情报，我也要展开全方位的实地调查。这项工作得开车在午夜和凌晨三点之间进行，好在我刚刚拿回了因为酒驾被没收的驾照。雄性长脚秧鸡待在各自领地的中心整夜啼鸣，那个时间段尤甚。我用了七周多时间，遵循国家标准化方法，以边长一千米的地图网格为单位，两次细筛了奥克尼所有包含长脚秧鸡生境的地带——干草地、青贮田，以及高大的

植物丛，比如荨麻和鸢尾。你很难亲眼看到长脚秧鸡，它们躲在浓密的植被里，只能用耳朵听。每往前开二百五十米到五百米，我就停下来，摇下车窗，听两分钟。

产羔季已经结束，我又住回母亲在柯克沃尔的家。每天晚上十一点左右（夜店派对的钟点），她早就上了
125 床，而我拿上注满咖啡（而不是酒）的膳魔师保温瓶，穿好保暖衣，确认地图在身、手机电量满格，便离家驶入乡间，驶过人静灯黑的屋舍、幽暗山坡上亘古伫立的巨石和现代化的风力涡轮发电机。

一年中的这个时节，夏至日前后，奥克尼的夜几乎整晚都不会黑，天光只是微微暗弱。日落和日出之间的这段时光被称为“午夜微光”（simmer dim）或“夜之闪灵”（grimlins），后一个词源自古斯堪的纳维亚语“grimla”，是微微闪烁的意思。我觉得自己似乎是这个岛上唯一醒着的人，我总是路上唯一的行车人。在无云的清夜，陪伴我调查的是永恒的日出或者说日落。①

---

① 夏至日，在奥克尼群岛所在的北半球高纬度地带，太阳只会短暂地落到地平线以下一个很小的角度，由于大气的散射作用，整个夜晚天空并不完全黑下来，即所谓的“白夜”，此时黄昏和黎明难以分辨。

能找到这样一个正当的理由停下来聆听万籁，对我来说是一种运气。几秒钟里，引擎熄火安静下来，人也沉下气，心跳放慢，衣物不再娑娑作响，脑海中杂音退散，夜的音响悄然浮起。眼睛适应了黑暗，耳朵对声音变得敏感：下巴搁在大开的车窗上，凉风吹拂面颊，后视镜里偶尔闪过自己的影子，耳郭用羊毛帽向前拢成利于收集声音的形状。当你全神贯注，两分钟就像一个时辰一样长。

即使是午夜一点——英国夏日夜晚最暗的时
刻——鸟儿们也在狂欢。几乎每次停车，我都能听见
奥克尼“三大金刚”的声音：像吐泡泡似的中杓鹬，
尖声细气的蛎鹬，像拨了号的调制解调器似的凤头麦
鸡。听到不熟悉的叫声，我会记下来，比如“吱吱作
响的弹簧”“忧心忡忡的鸡叫”，回头去皇家鸟类保护 126
协会办公室咨询博学的同事。他们会告诉我“山羊崽
子式的颤音”是扇尾沙锥在“打鼓”，这种过耳难忘
的诡异音效是它们摇晃尾羽制造出来的。还有各种别
的声响：风车、家禽、溪流、海浪、风和雨。我还发
现，虽然起雾的夜晚看不太清，但声波会在雾气中传
得更远。

这个时节，太阳从北方升起，又在北方落下，只是微微浸入地平线，所以北岸一路的调查尤其特别。加速驶向家的方向时，天蒙蒙亮，艾因哈罗海峡的洋流翻腾在雾中。我把车停在怀德福德山顶的信号塔下，俯瞰柯克沃尔的光。

有时，可能整整一夜听不到一声秧鸡叫。寒风和潮气钻进车缝。极少数情况下会遇到其他车辆，我好奇他们为什么这么晚还在乡间游荡，他们也在这么揣摩我。有几次真有农民上前来询问我在做什么，还有一次是辆警车，但我可是理直气壮的。时而我也会害怕，独自行驶在一条陌生的乡间小路上，被稻草人吓一跳。我通过手机和世界相连，谷歌地图在黑暗中为我指引前路。每逢周五、周六的晚上我会想，伦敦的朋友们正在做什么呢？看看他们醉后发的推特，第二天酒醒就会删掉的。鸟类调查可能会变得单调乏味，但每当萎靡不振时，天空总会送来惊奇。我爱脚下萦回在奥克尼柔和山谷里的夜雾，感觉自己仿佛爬到了童话里豆茎的芽尖。

有一天我用手机对着夜色拍了一张照片，右下方
127 的角落里有一对明亮的光点——那是一头羊的眼睛，

拍的时候我甚至没觉察到它在那里。牲畜们就在近旁的黑暗中安静地嚼着牧草。车头灯扫过一只鹅、一只野兔、一个少年，后视镜逮住一轮满月。我驱车来到悬崖边缘，试图离天空更近，放眼望去，小岛和点亮的灯塔是黑暗中闪掠的明色，倒映在斯卡帕湾中。我和猫——它们的眼睛在石墙顶上灼灼反光——共享夜色，做伴的还有田鼠和刺猬。

根据手机照片上的时间水印，我第一次目击夜光云是在午夜一点零八分，在斯滕内斯一带的一条僻静小道上。我原来就知道夜光云只见于夏至前后几周北半球高纬度地带的深夜，所以出门做鸟调时有希望见到。今天它就在这里，在我视野的顶端，确凿无疑。五十英里的高空，深沉的暮色，一缕棉绒状的冰蓝色闪电高悬。我跳下车，举起手机对着天空痴笑，简直像个疯子。晚上这个时间，大多数云朵只余下一抹暗影，这种太空云却熠熠生光。

怀着一种反复不灭的希望，我每次停车都盼着听见长脚秧鸡的动静，起初有一小阵子还把鸭子的嘎嘎声、发电风车叶片的搅动声、奶牛刺耳的喘息声都认

作了秧鸡叫。但即使已经听到过它们好几回，直到现在我都还没亲眼见过一只长脚秧鸡。这种鸟行踪隐秘，
128 低低潜伏在高高的草丛底下。约翰·克莱尔在他的诗《秧鸡》中，把这种只闻其声、难见其形形容为“像一种无处不在的想象/一团活生生的疑云”。我开始怀疑长脚秧鸡是否真的存在。

当我真的定位到一只时，简直不敢相信。那是一个寂静的夜晚，鸣叫声在一千米开外就能听见。我下了车，贴着路沿走，生怕惊动了它。借着天光和车灯，我慢慢地向声源靠近，直到足以凭听觉确定它的具体位置。

让我恍惚的是，我一时不知自己身在何处。暮色与黎明水乳交融，说不清是长日尽头还是新的一天刚刚开始。接着又让我困惑的是，视野里出现一艘游轮，灯火辉煌，向大海驶去，仿佛浮游在太空中的一幢摩天大楼。

但天空的光线告诉我，我一直在这里，就在我所熟悉的岛上，这里，凌晨三点不需要打开车灯就能看清地图。尤其是在奥克尼主岛西部做调查时，每一条道路都充满着回忆。我在从前的邮局门前停下，母亲

就是来这里登记了我的出生，而父亲正关在病院里。我在校车站台停下，当年我常在这里找到四片叶子的幸运草。我在耶斯纳比附近的让车道上停下，警察在这里逮住了酒驾的我。在这个直径不超过五十英里的岛上，我行驶了几千英里，开遍了奥克尼的每一条大道和每一条小径，地貌刻进我的脑海，等高线文在我的皮肤上，让我更加难以再次离去。

我也必须去奥克尼群岛的其他小岛调查，搭乘那种汽车可以直接开上船的渡轮。船行风雨无阻，船上兼售培根三明治。去桑迪岛时，我看到一对夫妇遛着他们的雪貂下了船，听到两只雄性长脚秧鸡隔着一片 129
湖水斗歌，还听说了一头奶牛奋泳一英里的事迹。在斯特朗赛岛，有人告诉我曾有一只秧鸡被困在虾笼里。在连秧鸡影子也没有的埃代岛上，我听人讲，过去小岛上的渔民不愿学游泳，这样万一沉了船还能死得爽快些。在巴雷岛，我赶上了海雾，日出把它染成粉色，隔着田野，能听见海豹如食尸鬼一般在海滨嚎叫。

驾驶着我的车，我试着将发生在我身上的事情一一解绑：所有住过的房子、失去的工作、戒瘾中心、作痛的心。起初，我以日为单位计量自己戒酒的时长，然后是以周，现在已经进展到了以月计，渴望来得不再那么频仍，但并未消失。在美丽的清晨驱车回家，听着愉快的硬核摇滚，作为路上唯一的人类，我感觉自己就是奥克尼女王。然后，突然之间，我唯一的渴望就是一瓶红酒，好在岛上没有二十四小时营业的酒水店。

长脚秧鸡在二十世纪数量锐减的主要原因是日益机械化的耕作方式，尤其是越来越大型、越来越高效的割草机。大多数秧鸡会在干草地和青贮田里做窝，因此割草机前来作业的时候，这些鸟，尤其是雏鸟，往往惨遭毒手。它们试图避开利刃，躲到还未修剪的地块里去，随着草地越割越少，它们固守在割剩的最后一条窄田里，走投无路，终究难逃一死。

130 一旦我接到民间线报、通过夜间实地调查定位了秧鸡的所在，下一步就是前去拜访农田的主人。驶过陌生的乡间小路，叩响农舍的门，犬吠声四起，一路神经紧绷。不管女性有没有结婚，老派的奥克尼人都习惯以“太太”相称，所以当我来到农场和农民交涉这些濒危鸟类的事务时，他们就会招呼说：“是秧鸡太太来了！”皇家鸟类保护协会会支付他们一笔费用以补偿延迟收割或放牧带来的损失，另一种方案是用“秧鸡友好型”的方式收割牧草：从田地中心开始往外割，给鸟留出更多逃出生天的机会。每一户农家都很乐意同我商量。我发现他们对自己土地上的野生动物知之甚详，大多数人都会采纳改换收割方式的方案。尽管有补偿款，延迟收割直至八月造成的影响往往还是太过剧烈。没有人会一口拒绝，这不是奥克尼人的处世之道，他们会说要考虑一下，然后就没了下文。

我尽我所能去学习和了解长脚秧鸡这种生物，研读学术论文，关注有关它们迁徙路线的研究进展。人们会问起所有这些。打字时我会不小心把别的单词误打成“秧鸡”；我把自己的彩铃换成了秧鸡叫，还在浏览器上专门设置了提醒，如果全世界有哪家媒体报道了秧鸡的消息，就会被第一时间推送给我。不知怎的，这种鸟仿佛刻进了我的DNA。电台音乐的背景音里我都能幻听出“嗑哩嗑哩”的叫声，晚上做梦也会梦到它们。

二〇一一年六月，五十只雄性成年长脚秧鸡在赫布里底群岛的科尔岛上受一段雄秧鸡叫声录音的蛊惑而自投罗网，它们还以为新来了一名竞争者。不到一

131 克重的定位装置用塑料环系到了它们的腿上。次年夏天，这些鸟中的一部分又被逮了回来，定位器数据显示它们一路飞去了中非的刚果民主共和国。看起来简直不可思议：在苏格兰，长脚秧鸡连飞都飞不利索，也正因如此，它们的生命在农业机械面前是那么脆弱。甚至有民间传说说它们并不迁徙，而是钻到了“地下”，或者摇身一变成了黑水鸡，更有甚者认为它们会骑在别的鸟背上迁徙。但它们确实会飞，虽然来年只有百分之三十的成鸟能活着回到奥克尼，其他许多被困在了北非猎人的捕鸟网里。长脚秧鸡需要繁殖许多雏鸟才刚刚够维持种群，更别提发展壮大有多难了。

开始这份工作前，我就在读《白鲸》了。这本大书我读了太久，就好像在亲历一场三年之久的环球捕鲸航行，每天来来去去包里都装着它，沉甸甸的，像背了一支鱼叉。我是暴风雨中迷狂的亚哈船长，追的不是鲸鱼，而是一种不见其形的鸟，虽然已经听了接近三十只雄鸟的鸣叫声，可一只也没见着。长脚秧鸡永远在不可触及的前方。

在难熬的夜晚，我开始自我叩问。为什么要拯救这种鸟，这种几乎没人见过的鸟，这种无法适应现代土地利用方式的小农场时代的“遗老”？救与不救，有什么区别？后来我了解到，一九七七年，在奥克尼主岛西部巴奎伊的皮克特和维京时代遗址出土了长脚秧鸡化石。我震惊地发现长脚秧鸡已经在这里繁衍了数千年，却在不到一个世纪的时间里差点被灭绝。数 132
量锐减毫无疑问和人类活动直接相关，所以人类理应担起责任，保存它们最后的火种。

一只单身的雄秧鸡一晚要叫唤三四个甚至五个小时，而他，很可能是整个岛上唯一一只。有一只在弗洛塔岛上叫了整整一个夏天，后来我备感欣慰地听说有人在夏末看到了雏鸟的身影——他可总算找着了对象。

整个调查季，我在奥克尼群岛总计听到三十二只雄秧鸡的叫声，只比去年多一只。好几天固定在同一地点发出叫声的个体被假定为有雌鸟相伴。数字虽然仍在低位，但自从皇家鸟类保护协会开启了长脚秧鸡保护计划，就奥克尼的情况而言，已略微好转。不像街坊闲谈里提到的那些束手溺毙的水手，秧鸡们始终在与死亡抗争。不知为什么，我的命运仿佛和这种鸟的命运缠绕在一起。我在努力维持正常生活，保持清醒，而它们在努力维持生存。

朋友告诉我，当年她母亲去世，撇下丈夫和他们三个年幼的孩子。一家人去美国度假，她形容爸爸“只会开车”。你可能会觉得自己没法继续生活下去了，然而你还是继续生活下去，一路专注于开车，以图在一切沉淀、辗转、反复而后尘埃落定时让自己有事可做，直到生活表明了自身将何去何从。我也开着车，一公里一网格，再一公里一网格。不知不觉，胸中的涡旋趋于平息。如同在伦敦午夜骑行，保持移动给我以慰
133 藉。有一晚，我意识到自己松弛、镇定多了，甚至可以说，在奥克尼生活、工作是命运的眷顾。

这是一种截然不同的“夜生活”。城市生活——派对和夜店——不再对我开放，但这里的永昼、按部就班的逐格筛查、迷雾中的按图索骥，都是属于我自己的夜生活。今晚我一只秧鸡也没听见，但黎明将至，我手里捧着一保温瓶的热咖啡，耳畔是海豹的嘟哝。

此间不乏美好的瞬间。一次我和一只短耳鸮[1]四

---

① 短耳鸮，猫头鹰的一种，又叫短耳猫头鹰、短耳猫，多在黄昏和夜晚活动，也常能在白昼见到，不高飞，往往贴地面飞行，夜间多食田鼠，白天多食昆虫。

目相对。今年这种鸟儿特别多，当地人唤作“猫儿脸”。它站在我车旁的一根篱笆桩上，我们同时回过头来看见了彼此。我倒吸一口气，它振翅飞起。另一次，在时近夏至的一个粉色清晨，回家路上我在布罗德盖石圈前停下车。四下没有一个人，我脱掉衣服，绕着新石器时代的遗址开始裸跑。

七周的调查即将收尾。一天，刚过凌晨三点，我正收了工悠闲地往回开，意想不到的事情发生了：我目击了一只长脚秧鸡。只有短短一瞥，但它恰好就在前方的路面上，一下子就跑进草丛了。它的形象——粉色的喙、姜黄翅膀——不断在我脑中回闪：这一秒，确证了我花费数月寻寻觅觅的存在。我的第一只也是唯一一只长脚秧鸡。通常，黎明总是姗姗来迟，但这晚，当我驶出一朵云，突然，新的一天到来了。

15

Rose Cottage 玫瑰小屋

135 鸟类调查期间，我寻访各个小岛，从农产丰饶的沙平赛岛到“荒原高地”霍伊岛，领略了它们的风光迥异。奥克尼群岛中，有人定居的岛总共二十个，人口从二到几百不等，如今多数是房子比人多：内外两室结构的低矮佃户小屋，有的被弃置，有的经过了精心重建和翻新；拖车式的移动房屋，用绳索和煤渣块固定，免得被风吹跑；还有农场，从老派小农场到光鲜的现代化农场，不一而足。我一边研究地图，一边驶过丢弃在路边生了锈的汽车和废浴缸，一路上发现不少农场的名字都古里古怪的，比如“求爱”（Woo）、“酷儿”（Queer）、“帽兜”（Balaclava）、“风墙”（Windywalls）、“耐心”（Patience）、“瑕疵”（Flaws）、“无赖”（Crook）等，大多源自过去当地的北欧语系，且不约而同地出现在不同的小岛上。

尽管非我所愿，但我越来越热衷于了解和寻访这
些所在，所有有人常住的岛几乎被我走遍了，除了这
三座：考古重地怀尔岛，只有一户人家的奥斯凯里岛
（他们因而把自己的姓也改成了奥斯凯里），以及帕帕 136
斯特朗赛岛，上面只住了一群至圣救主会修士。

同样出乎意料的是，调查季结束、长脚秧鸡再次向非洲中部迁徙的时候，我选择再退一步，趋离城市：去帕帕韦斯特雷岛过冬。帕帕韦斯特雷岛简称帕佩岛，位于奥克尼群岛最西北，是有人定居的最小岛屿之一，只有四英里长、一英里宽，居民七十人。帕佩是一个瘦长的岛，从地图上看就像一根小粟米条，或者说一个拄着拐杖、在呕吐的老头。夏天我去那里帮皇家鸟类保护协会统计过稀有的苏格兰报春花植株，看到友善的居民为他们美丽的岛屿而自豪，我也一下喜欢上了这个地方。

从柯克沃尔到奥克尼群岛北部有一趟航班，直达帕佩岛、韦斯特雷岛、埃代岛、桑迪岛和北罗纳德赛岛。这些岛中最小也最北的帕佩和北罗纳德赛尤其离不开它，因为除此以外，每周只有一到两班渡轮。岛上十几岁的小孩星期一坐二十分钟飞机来柯克沃尔上

中学，星期五再飞回去，中间就住在校舍里。

十一月中旬的一个清晨，天还没亮，母亲就开车把我送到了柯克沃尔机场。在北部群岛的值机台，大多数乘客的姓名，飞行员和机场工作人员都直接叫得
137 上来。不用排队也不查护照，我们步行横穿机场跑道——我出生那天，父亲就是经由这条跑道被送去海峡对岸的医院的——踏上一截踏板，直接钻进那架八座螺旋桨式飞机。机舱里，飞行员和乘客的座位之间没有隔挡，他直接转过驾驶座来提醒我们系好安全带。乘坐这么小的飞行器就像坐一辆小轿车在天上飞。飞机向高处攀升，我攥紧座位。天刚破晓。我们掠过城镇上空，俯瞰渔船和渡轮。我们飞越“窃贼洲”——一块无人礁，女巫和罪犯曾经的流放之地；然后是赫利尔洲——现在也没有人住了，只有灯塔伫立；接着是沙平赛岛和它的维多利亚式城堡，以及埃吉尔赛岛和它的北欧教堂遗址——圣马格努斯[①]遭处决之地。

---

① 圣马格努斯（St. Magnus Erlendsson，1080—约 1117），奥克尼伯爵，基督教殉道者。据传曾在挪威国王征伐威尔士时拒绝加入，坚持留在船上吟唱圣咏。其后与堂兄弟哈肯联合执政，深受民众爱戴，遭到后者忌恨、背叛，被处决。

我放松下来。这种出行方式简直比肩王公贵族，何况我奔向新的目的地时总是心情愉悦。飞机的运动令人安适，我开始思索自己的轨迹——回到奥克尼已近一年，但我仍然时常感到格格不入，仿佛走了调的音符，是时候去寻找属于自己的空间了。这一次，我决定向北，而不是回“南边”。我要去小岛上体验生活，比只有两个小镇的奥克尼主岛还要小得多的那种。在帕佩岛上，我知道我将成为一个七十人小社区的一分子，人们由有限的土地维系在一起。我想看看是否还有别的什么让人们相互凝聚。那里的生活开销很小，我将在属于我一个人的临海小屋里独自过冬。这是我复原计划的下一步，希望岛屿能帮助我进一步重整自我，清醒生活。

北部群岛在下方星罗棋布，天已透亮，我们越过金光粼粼的渔场、碧蓝宝石似的海湾与深暗的礁岩，看到帕佩岛。岛很小，地势低洼，绿意盎然，大部分 138
土地用干石墙和篱笆有序切分成一块块的。大洋在岩石海岸搅起白沫，小岛仿佛在无尽地抵御着被吞食。

我们先在韦斯特雷岛短暂落地，接着又飞了两分钟就到了帕佩岛——可以说是世界上行程最短的定期航班了。帕佩岛机场乍看不过是一块田地加一个小棚屋，负责接机的是当地农民博比和他的兄弟戴维。据我了解，他们一天会从农活中抽身两三次，穿上防水制服，开着四驱车来照管起降航班。简已经在等我了，她就住在岛上，我们是夏天那回认识的。我带了一包引火种、一台笔记本电脑、三公斤用来做粥的燕麦片、保暖内衣，外加其他零碎行李。她沿着把小岛平分为二的大路开了几分钟，就把我送到一栋粉色小屋前，我即将在这里度过未来的四个月。

皇家鸟类保护协会在帕佩岛上设有一块保护区，小屋是给保护区管理员住的，和岛上用石块及鹅卵石砌成的房子截然不同，外墙刷成俗丽的粉色，故而得名玫瑰小屋。不过当地人叫它“鸟人屋”，因为每到夏天就会有“鸟太太”和“鸟先生”来住，冬天一般都空着。我在皇家鸟类保护协会的工作已经结束，但当我得知他们有一处空置的房子并询问能不能在那儿待一段时间时，他们欣然同意，并且只收了很少的房租，只关照我要注意保持屋内干燥爽洁。这个冬天，玫瑰小屋会亮起一盏灯。

在这之前我从没来过小屋，有人警告说屋里到处漏风，冷得不行，刚到我就明白了。屋子已经空置了
139 几周，室内闻上去微微有点潮，好在一生上火、挂上

厚实的门帘阻断湿气，厨房立马变得十分舒适。我在火炉边的旧扶手椅里坐下，环视四周搭配糟糕的粉色漆艺和陶器。小屋没有做隔热，所以住在这里就和住在拖车房里一样，能实时感受到外界气温的变化。

玫瑰小屋初建于二十世纪六十年代，当时岛上在修建供渡轮停靠的“新码头”（它到现在还叫这个名字），小屋是造给工人们住的。它位于小岛地形最窄处，两边距离海岸都不过五百米。透过厨房朝南和朝东的两扇窗，可以看见海水从左、前、右三面揽住小岛，也可以看见太阳在南天短途旅行，就像上个冬天我在垒干石墙时看到的那样。在这里，你无时不意识到自己身处岛上，有人告诉我，在大风天，海浪甚至会漫到小屋的阶前。

屋里收纳了管理员们在过去几个夏天中采集的各种物件：贝壳、动物骨骼、被海水打磨出卵石质感的碎陶片。一条小型鲸鱼椎骨挂在盥洗室门上，完美的球形海胆支在壁炉台上。我发现一颗猫头鹰的食丸[①]，

① 食丸，猫头鹰吐出的球状物，主要成分是食物中无法消化的动物骨骼、甲壳、皮毛和泥沙。鸟类学家可通过食丸分析鸟类的食物构成。在发现食丸处附近，也有一定概率会发现猫头鹰的栖息地。

被切开了，里面有没消化的奥克尼田鼠碎骨；还找到一只海燕翅膀，上面仍然带着这种鸟儿独特的、不招人厌的麝香味。

虽然我在帕佩岛是初来乍到，岛上的乡村生活却
140 并不陌生。玫瑰小屋坐落在一条农场小径的尽头，拖拉机经过卧室窗畔时的噪声很是亲切。我是跟着农场上的四季轮回长起来的，对于冬日饲草的工序一清二楚，夏日收割的干草和青贮饲料此时被投喂给饥饿的牲口，日子一到，牛群就得赶进谷仓过冬。整个冬季，在户外我都穿高筒雨靴，而父亲几乎一年到头都穿着。

我决定只在厨房生火取暖，把房子的其余部分留给寒冷。从厨房望出去，可以看见霍尔姆岛——“帕佩之牛”——以及岛上硕果仅存的渔民道格拉斯家的渔船。除了斯特朗赛岛，北部群岛的所有大岛皆收眼底：东方是状如三级阶梯的悬崖陆块，人称“埃代之颅”；更远方的天际线上卧着桑迪岛，拂晓时分太阳藏在它的背后，为岛的轮廓镶上金边，映出山顶的风车剪影；再往北，北罗纳德赛岛会在天朗气清的日子里显形，它的地势如此之低，以至于岛上的房屋看上

去没了地基，空悬海上。

转向另一侧，西边是我们最亲密的邻居韦斯特雷岛，三百人的家园，有一家海鲜加工厂、一所初中和一间炸鱼薯条店。每天都有小型渡轮往返于帕佩和韦斯特雷，送一名初中男孩上学去，再运回烘焙坊的面包。在韦斯特雷岛的背后，欧石南丛生的劳赛岛露了头，更远处是奥克尼主岛上的山峦起伏。我能在帕佩的晴天下望见层云衰变成雨雪降临在主岛上。

在帕佩岛上，沿着中央大路一直走，经过停机坪
就到了一处居民区，小到不足以称为村庄，但邮局、 141
教堂、学校和商铺兼旅馆一应俱全，有风的一天我骑车去看，发现比我想象的还要近。

这个时节，田野仍有些微绿意，随着冬天步步深涉，风景日渐萧索，到三月时，如果不是机场上招摇的荧光橙风向标，窗外就只剩下黑白灰。我也没想到我在帕佩岛的新居正好在航班的起降线路上，早晨我总被头顶飞机降落的噪声闹醒。有时它会惊飞岛上的每一只鸟，我透过厨房窗户可以窥见十来处同时腾起鸟浪，灰雁、翻石鹬、欧金鸻、沙锥……天空顷刻间泱泱然乌云密布。

拥有自己的私密空间是危险的，堪称独自酗酒的完美现场。我还记得我在弗洛塔岛做保洁时泡在农场厨房餐桌边的夜晚，以及窝在伦敦卧室里滥饮的那些日子。路数都是一样的：两到五杯之后意兴飞扬，沉浸在成年人的自在逍遥中；六到十杯之后绝望的孤独感袭来，发疯似的想尽办法不让自己一个人待着。第二天早上醒来，我会习惯性地回翻手机里的通话记录、已发短信和电子邮件，看看自己昨晚试着找谁来做听众——或者说，情绪垃圾桶。

142 我过了几年宿醉不醒的日子，唯一的目的就是避免与人交涉，避免面对繁重的工作。每一两天里总有几个小时在发酒疯，剩下的时间不是收拾残局就是咬紧牙关四处游荡，直到再次走进酒水店、关上房门，开启新一轮的恶性循环。我不想再让自己落入这不幸而徒劳的窠臼。来之前母亲就告诉我，帕佩岛上的这几个月我需要以前所未有的毅力来面对。她也是在一个漫长严冬的开端搬到奥克尼的，对此有切身体会。

玫瑰小屋就像为我重返社会而量身定制的“中途之家”，容许我在岛上社区的善意庇佑下拥有自己的小世界，逐渐养成健康、负责任的生活习惯。

没有室友，没有邻居，没有人会听见我在深夜哭泣。我担心自己就是那种所谓的一窍不通的新来者，没有生活技能，总把事情搞砸，第一个严冬就熬不过去。天气不好的时候，这座砖混结构的小房子四处作响：雨点敲打窗玻璃，颤抖的风灌进烟囱，也往门缝底下钻。南风天最苦寒，冷风从看不见的窗缝里偷偷挤进身来。

已经有段时间没和人接触了。这一周，我见到的海豹比人多，它们鼻孔朝天躺在海湾里。在小径尽头的小屋里，你拥有难得的机会远离尘嚣，在岛屿生活的恒定日常中汲取安全感。小时候我常常头痛，一个
月总有几天不去上学。在酒精里，我找到了似是而非 143
的逃避和慰藉，宿醉后就推脱“病了”不去上班，这是因为我生性散漫又古怪，也许也因为我需要后退一步的余地。自从戒酒，我把自己当成易碎品，给足缓冲的空间，过极简的生活，一连几周保持封闭而下沉的状态。

奥克尼主岛拥有帕佩岛所没有的：泳池、酒吧、牧师、医生。帕佩岛上也没有野兔和刺猬，但哺乳动物还是有的，而且很多：海豹、兔子、家鼠。科学家

们热衷于研究小岛上的动物种群。其中一项研究发现，帕佩岛上的家鼠的下颌骨要比别处的家鼠大。肇因在于岛屿的生殖隔离，它们逐代独立进化以适应栖息地的环境。

我跟别人说，我搬过来住纯粹是因为这里的房租最便宜。虽不尽然，但我的确不是抱着“断舍离”或者“回归自然”的心态来的。回家乡康复身心原本不在我的计划之内，倒不如说我打算回家看看，结果没法脱身。这是我走出来的地方，却远非我会选择回来的地方——奥克尼的大多数英格兰后裔都是如此。过去的一年，我就这样一步步走到了今天：一开始只是说“我只在这里多待几个星期”，修好石墙、帮父亲忙完产羔季，然后，因为长脚秧鸡的自然调查又待了几个月，现在还交了租金，要在帕佩岛上过一整个冬天。是奥克尼始终缠着我不放。

每天我都会出门完成自己给自己设定的任务，以便在冬天也保持活力。据说晴天往西北方向极目远眺可以看见费尔岛，于是我用双筒望远镜在地平线上逐寸扫描。我去海滩寻找当地人所说的“格罗特贝”——
144 一种小小的粉色玛瑙贝，有“世界上最特别的贝壳”

的美称。我自己烤面包。我拍下各种花色图案。我出门捡拾漂流木，添进炉膛。满月或大风过后是拾木的最佳时机，去哪片海岸取决于风从哪个方向来。

身为“秧鸡太太”的那段时间，我一直在为工作忙碌，对于几年前的个人历史几乎只字未提，现在才有了反思的时间和空间：怎样做出了这一系列决定，为了什么，尤其是，是什么让我意识到走进戒瘾中心、和酒精一刀两断对于我当时的情况而言并不是小题大做。

因为酒驾而在奥克尼被捕后不到一个月，我回到伦敦。虽然我知道其后发生的侵犯事件并不是我的错，但如果我不是那么醉，一切就不可能发生。

那天我和格洛丽亚约在集市附近的酒吧见面，像往常一样，我午后就开始喝。摊贩们正在收拾铺面，烂蔬菜和咖啡纸杯散乱地堆成一堆。下午还未过去，而人群已醉意蒙眬，握着街角商店的啤酒杯或是易拉罐坐在马路牙子上。格洛丽亚最近从诺丁山搬来哈克尼住，她不想再靠父亲的钱过日子。那个夏天，她的积蓄还没败完，而我假装自己好好的，假装还有工作。

我喜欢一边听格洛丽亚犀利地对我们共同的朋友
评头论足，一边把冰凉的酒杯贴在脸上滚动。我们乐
145 观地畅谈仍是空中楼阁的职业前景，拿那些我们伤害
过的男人打趣。在闺蜜之间的打气和吐槽中，我忘了
说出自己的真实感受：大难当前，我很害怕。

从集市出来，我转场到一家越南餐馆继续喝，随后回到当时借宿的弟弟家，一番梳妆打扮，接着去夜店续摊。回程中，巴士上几个素未谋面的陌生人邀请我去一场仓库派对。派对十分狂野，连楼梯上都挤满了人，还有几张熟面孔。我从没来过这个场子，觉得相当棒。我突然意识到前男友现在住得离这儿很近，我真想跑去告诉他这个好地方。情绪有如冲上顶点的过山车：醺醺然的兴奋瞬间跌落，变成了鲁莽和自怜。

我真的踉跄着去了——他极力隐瞒新住址，但没能瞒过我——我疯狂按门铃，使劲拍门，没完没了地给他打电话。没有任何回音。我心急如焚。必须让他的注意力转向我。我迷迷糊糊拐进一条小路——事后，他问我为什么开始穿得那么放荡——一辆车在我身边停下，虽然我记不清开车的人具体说了些什么，总之他让我上车，我就上了。

那辆车似乎开了很久，但最后救护车接到我的地点距离我上车的地方并没有多远。我还记得自己和对方商量过往哪条路开最方便，所以我认为我是说了拜托他捎我回家的。一路上我继续打前男友的电话，末了留言说，我上了陌生人的车。

这时，那人铆足了劲往我脸上猛击一拳。天翻地 146
覆。我迅速清醒过来，意识到必须设法逃走。我打开车门，但车正快速行驶。正如我后来在警方口供中陈述的，这时我掉了一只鞋。他停下车，从方向盘下搬出一只沉重的大靴子砸向我的后脑勺。毫无疑问，即便不是杀人灭口也是蓄意击昏。我拼命挣扎，和他纠缠着滚到副驾驶一侧的车门外。一旁就是公园，他抓住我的脚踝开始往树丛里拖。

他说过的话中我唯一记得的一句是“安静点”，可我只管挣扎喊叫。我怕极了，醉着酒，迷离着，头部两次遭到重击，不知怎么却迅速认清了形势。对方个头不大，身上没有武器。虽然我从来没有经历过类似的暴力袭击，但脑中回闪起童年和弟弟玩摔跤的场景，这让我觉得自己还是有概率赢过他的。我尖叫着呼救，又踢又打，阻止他撕破我的紧身衣，大喊：“我比你强，我比你强！”

我看见三个人朝这里走来。片刻后，我们似乎被手电筒的光和人群团团围住，企图侵犯我的人已逃之夭夭，自始至终我紧攥着手机不放。

我在警局录了口供、换了衣服，去医院拍了头部X光片，顺便称了体重，比十几岁时还轻。前男友也在场。他最终还是回了电话，跑步赶到公园。我成功博取了他的注意。我们走出医院抽了支烟。街对面有
147 一家午夜酒吧，我提议去喝一杯。他难以置信地悚然看我，回答说他不能久留。

袭击者落荒而逃时连车也没顾得上开。我完全不记得自己向警察描述过嫌疑人的模样，但事实表明我曾供述说对方是“三十出头，瘦小的白人男性”，这让警方对附近区域展开了一场突击搜查，导致一名无辜男子被扣押了一晚上。次日，罪犯在家中落网。

随后几天，警方派摄影师连续登门拍摄我青肿的眼圈，以及上臂和脚踝处的一圈指状瘀伤。虽然颧骨上的肿块随着时间推移逐渐消退，但我脑后被靴子砸中的地方留下了一道疤痕。我的头发异乎寻常地绕着它生长，有时我一伸手就能摸到它。

几个月后的庭审中，我向法院申请在隔离屏后出庭作证，以免再次和袭击者面对面。在我被袭的几个月前，发生过一桩情节类似的针对年轻女性的袭击，调查发现作案者正是同一人。我被袭后没有失去知觉，另一个女孩显然没有这么幸运。事后，人们发现她一脸茫然地行走在高速公路路沿上。罪犯因两次企图强奸被判处六年有期徒刑。

今天，大海环着霍尔姆岛翻腾旋舞。我冒着横风骑单车去商店。风裹挟着冰雹砸来，吹得我车都快倒 148
了，还掉了链子，只能一路推回家。到家后收到一封发自伦敦的电邮，消息令人沮丧。恰好这时，一道异光泼洒在眼前的电子屏幕上，我回头，天空巨变：埃代岛的上空辟出一小方蓝天，云朵纷纷镶上樱白的边。火苗在炉中一跃。心跳变得舒缓。顷刻间，万物平静地震颤。

我已经在帕佩岛上度过了四周。这四周在某种程度上很像我寸步不离伦敦市中心的那几个月。伦敦也是一座孤岛，位于英国的心脏，界限分明，与世隔绝。与之相比，独居帕佩岛的这几周，生活的标记如此迥异，而我十分享受这种朴素的挑战，把自己喂饱焐热，在许多年的混沌颠沛之后，重新学习树立日常生活的纲领。身外之物早已散尽，情感纽带和个人传统正有待我自己去创造。我可以自主选择想过的人生。

现在，我不化妆，不刮体毛。难得有人来看我，有时是母亲从奥克尼主岛过来，有时是简顺路来载我去商店——见人之前我还会犹豫一下要不要梳梳头，或者把桌子上的动物骨头收好。外卖和咖啡馆总会突如其来地在我心里挑起一阵怪异的痛楚。有时，当我膝上搭着毛毯坐在炉火边，身体会如临其境地感受到那种活色生香的夜生活正在我的缺席下展开，同时我讶异于自己怎么突然就变成了一个老妇人。我怀念那种关注和被关注的感觉，那种与焦点近在咫尺的感觉。对岛上的人们来说，“新闻”完全意味着另一码事——只和天气有关，而非时政。

*　*　*

149 我注意力的中心移到了北方，更多地放在设得兰群岛、冰岛和法罗群岛上。我仍不时为过去发生的一切感到震惊：我竟然落入那种险境，我竟然混到了戒瘾中心，以及，我竟然已经连续二十个月又两周零四天没有碰过酒精，没有酒精的日子原来是这样的。我回来，回到这些大风飞扬的石头上，在想象中四下寻找希望。

在帕佩岛上，每天总有那么一刻，心灵高飞远扬，比如走过海岸，北向迎风的回眸瞬间，看见群集的椋鸟宛如流体，成百上千地汇成一种形状，又变幻成另一种形状，以便智取捕食者并跟随彼此找到夜宿地。大风从我身后吹来，推得我不由大笑着往前冲。上岛几周后，我发现自己会下意识地密切关注潮高、风向、日出日落时间和月相，镇定而警觉。

我注意到月升时间早的那些天，一天两次的低潮（也就是通往霍尔姆岛的石滩最大面积地暴露在海浪之上时）来得比较晚，于是开始思索两者间的关联。潮汐不仅受到地球自转、日月方位的影响，也和月亮赤纬角、海床地形深度以及岛屿之间海水的复杂流势相关。我想象地球的自转，发现并不是潮水在退去或月亮在升起：是我自己在离它们远去。

在附近无人定居的腊斯克霍尔姆岛礁上，有一条

150 螺旋上升的步道通往一座石塔，这样，当最高潮位来临，岛上耐寒、靠吃海草为生的霍尔姆绵羊就能攀上塔顶，免于被高高的海浪卷走而溺死的噩运。现在，帕佩岛和它的这座小屋就是我的腊斯克霍尔姆塔，当翻滚的海水在脚下涨起，我还能在这里继续呼吸。

16

Papay 帕 佩

帕佩岛虽然偏远，岛上生活却未必是孤独的，一 151
系列社区活动贯穿整个冬天。小岛是由各种各样的委员会组织起来的。十二月一日星期六，一个半官方的、名叫“帕佩岛徒步委员会”的组织策划了一场环岛徒步，参与者按要求在正午到老码头集合，随身带好手电筒——全程约十一英里，不可能在三点二十分日落之前走完。天上下着冰珠，想到自己不过是个热情过剩的新岛民，不免担心报名参加的只有我一个。好在其他人出现了。我们沿着东岸向南出发，行进在崎岖的崖谷和弧形的海湾，追逐岛尖上的冬日太阳。

边走边和队友聊天对于一个曾经的酒鬼而言是种不错的疗愈，它解决了一个难题：当手里不再提着酒瓶，我应该让我的身体做些什么？关于自己是如何来

到这里的，每一个在帕佩岛生活的外乡人都有一段故
152 事要讲，这个故事随着不断复述而日臻圆满。有些人和小岛“坠入爱河”，等了许多年才找到机会抛弃“南边”的生活搬过来住。有的纯粹是被低房价吸引，人都没来过就买下了破败的农舍。丹尼尔告诉我，他从英格兰过来的第一天就开始在道格拉斯的捕鱼船上打工，半点相关经验都没有，一干就是两年。玛丽说，她发现自己这个做护士的在哪儿都能找到工作，见北部群岛挺宜居，就和丈夫买了房，从英格兰南部搬过来。

岛上很多居民都身兼多职：负责接机的农民戴维同时也是海岸警卫队队员；家住玫瑰小屋附近的安妮既是邮递员，也是四个孩子的母亲、学校守门人和手工艺人，她会把海滩上拾来的粉色玛瑙贝和经海浪抛光的玻璃珠设计制作成美丽精致的饰品。

一八五一年的人口普查显示，帕佩岛有居民三百七十一人。我们一路经过散落在海岸沿线的荒弃农庄，每一处都令我浮想当年几世同堂、枝繁叶茂的景象。眼下岛上的七十个居民刚刚够支撑起生活设施的运转，比方说一家商店和一所学校。如果没有它们，一座小岛对外来人口的吸引力就会大大减弱。多亏了

新住民，小岛人口从二十世纪九十年代的五十余人的低点有所回升，学校现在拥有六名学生。

我们的群岛可谓各路人群的古怪杂烩：富有冒险
精神的“南方佬”，从雷丁那样的城市迁来斯特朗赛； 153
安土守旧的奥克尼原住民，祖祖辈辈生活在岛上，如今眼看着族人相继离开；还有一批批新移民，来了又去，去了又来。以为当个岛民就能“离群索居”完全是个误会：在一个这么小的地方，我们反而得比在城市里更经常地和邻人打交道。大多数时候，大家都能融洽往来。

徒步中，耳畔是拍碎在霍尔姆岛礁上的潮水声、拖拉机的突突突、海鸥的尖叫、蛎鹬的啼鸣、房屋翻修中断断续续的锤击声，不时飘来腐烂海草和农场翻泥浆的气息。牛群从十一月到翌年五月都被关在屋檐下，经过牛棚时会听见顶撞畜栏的咯咯声和哞哞叫。一群野生杓鹬和一帮家养的鹅打成一片。

东岸的峭壁边缘悬了一辆撞毁的小汽车。几个月前车主没能如愿及时将它变卖，证据有目共睹：蚀锈斑斑，松松垮垮，七零八落。几周后，西面刮来一场狂风，它就掉进了海里，原地只留下一小片车体残骸。

岛屿催生了冒险故事，关于船难和洞穴、天气和战争。故事在家族中、课堂上代代相传，甚或就在海滩上重演。在维斯尼斯农场附近的砂岩上，搁着一艘裂成两半的遇难船——一艘渔船，船长打了个盹，船
154 就触了礁。一位岛民的儿子——丹尼——在船上工作，他从沉没中的渔船跳上充气救生艇，落下了一箱子私人物品，他童年时代最好的朋友、一只名叫萨米的灰色泰迪小熊就在里面。萨米从此再也没有被找到。

有人告诉我，岛上有些房屋的墙面之所以刷成酸橙绿，是因为海浪曾把这样的一批罐装油漆冲到岸上。有人告诉我，帕佩岛本地人的绰号叫“鳕鱼”，而韦斯特雷岛出身的人被唤作“海鸽子”，桑迪岛和斯特朗赛岛人则分别被称为“粥大肚”和“锅贝”。有人指给我看一条十米长的混凝土悬崖小道，战时它曾是采石场的一部分，如今成了断头路，底下是一九四八年搁浅的“贝拉维斯塔”号货轮，遗骸在卵石滩上锈着。

帕佩岛少说有六十处古代遗址，地图上布满了神秘的“炊堆”符号。最有名的要数霍沃尔遗址，考古记录称其为西欧现存最古老的人类定居点。这两座在沙石下面沉睡了几个世纪的石屋，早在大约五千年前

的新石器时代就有家庭居住，历史比古埃及金字塔甚至斯卡拉布雷遗址还要久远。

十一月初我来帕佩岛时，刚好赶上一年一度的“盛大晚餐”（Muckle Supper）。在过去的时代，这顿晚餐是圆满收获一年中最末一波庄稼之后的庆祝活动，有些地方也称为“丰收节”（Harvest Home）。半数以上的岛民相聚在大礼堂，小推车把一罐罐热汤送上桌，
跟着是满满一盘盘羔羊肉，用的就是霍尔姆岛上放养 155
的绵羊。稍晚，音乐奏响，人们跳起传统的苏格兰民间舞蹈。有些舞我在学校也学过，但有些是帕佩岛独有的，叫“莫伊达特八男子舞”之类的古怪名字。大多数时候我只坐着当观众，不过《剥柳叶》舞曲响起时我也跟着加入了人流。

新年前夜的传统民俗是“初访”[1]，从前在整个苏

---

① 在苏格兰传统中，新年钟声敲响后，第一个踏进家门的人能给未来的一年带来好运，因此家庭聚会的传统是让客人在钟声敲响之前离开。新年“初访”（first footing）的客人通常会随身携带礼物，比如硬币、面包、盐、煤、威士忌，分别代表繁荣、食物、味道、温暖、欢乐。

格兰地区都很流行，如今由于酒驾风险和邻里关系的淡薄，已被大多数人遗忘。午夜，宣告新年来临的手摇铃响过之后，守夜的人们三三两两从教堂出来，零零散散聚在开着门、亮着灯的人家周围，享用东道主准备的餐食和饮品。庆祝一直持续到新年红日初升时，以岛屿北端最后一户人家的一份油煎早餐和一场用屁股赛跑的游戏画上句号。帕佩岛在传承旧习俗的同时，也开辟着新传统。

周三我通常不做早饭，直接去位于教堂和诊所中间的那块场地参加慈善咖啡早茶会，用美味的奶酪司康饼和家庭烘焙面包填饱肚子。在早茶会上，我得知田野里的石堆原来是稻草垛的“支架”，如今已然成为过去农业生产方式的纪念碑式遗存。我们讨论置办彭斯晚宴[①]，打听哪里可以买到适合素食者的哈吉斯[②]。我

① 为纪念苏格兰著名诗人罗伯特·彭斯（Robert Burns）而举办的晚宴，时间通常在诗人的生日一月二十五日当天或前后。

② 哈吉斯（haggis），苏格兰传统食物，在羊肚内填入羊肉碎、羊杂、谷物、板油、香料后制成，呈圆球形，是彭斯晚宴上的重头戏。

们策划再现最后一只大海雀①遭到杀戮的场景，让岛上的一个男孩扮演这种灭绝的鸟儿，其他人拿着喷漆枪追得他绕着小山团团转。有关帕佩岛家鼠独特的下颌骨形态的知识，我也是在这里学来的。

在这里，我和不同年龄、不同身份背景的人打成一片——我们也不得不如此，相形之下，我的伦敦生活就像封在一个透明气泡里。到大都市去本是为了遇
见不同的人、拓宽视野和社交圈，最后却越来越同质 156
化，只与和自己相似的人往来。我们把自己的经验局限在垂直领域，以至于不太可能再接触到任何让我们觉得不顺眼的人和事。

和人相处时，我仍然会感到紧张。朋友和室友的拒斥至今让我备受打击。如果你曾经有那么长的一段时间过得浑浑噩噩、遮遮掩掩、总是在道歉，你就很难推翻心里那种做了错事的耻感，会默认自己身上带

① 大海雀（Pinguinus impennis），全身为黑白两色的大型游禽，是海雀类中唯一不会飞的物种，外观略似企鹅，行走缓慢，可以用翅膀在水下游泳，捕食鱼类。大海雀天敌很少，不怕人，在十九世纪初遭到人类大量捕杀以获取肉、蛋、羽毛，最终灭绝。

着瘾君子式的偷偷摸摸甚至鬼鬼祟祟。我在很多场合都隐约感觉自己一定说错了话、做错了事，遭到了别人严重的误解。

在东海岸，海滨步道和车道合二为一，我们的徒步团向每一辆开过的车招手致意。这是小岛的传统。岛上的车辆无须参加年检。这里给人感觉既是法外之地，又治安稳定。岛上没有警察——除了霍兰农场里还保存着“教区枷锁”那种古董——但在这片全无树木荫蔽的土地上，你的一举一动可能都在别人的视线中，邻居们都会留心你家的窗帘是早上几点拉开的。有些岛民断言自己能认出每个人的每辆车，连看都不用看，听就能听出来了。

我出门参加徒步时，玫瑰小屋是不锁的，事实上每天出门都不锁。谁要是偷了我的电脑或者我的麦片粥，肯定跑不远，何况邮递员安妮随时可能把我在网上订购的书送来。记得在伦敦，有一天早上六点我在
157 自己的卧室里被一个陌生男子惊醒，我们无声对视了一秒，他从床边的地板上抓起我的笔记本电脑拔腿就跑。男子和笔记本电脑从此人间蒸发。

我早就听说有位九十岁的玛吉，在当地是大名人，八十好几时还开一辆上了年纪的蓝色拖拉机四处转悠。但我从没见过她，若干年前她住到韦斯特雷岛上的养老院去了。这个冬天的一个早晨，渡轮把她的遗体送回了家——这个她终其一生离开的次数屈指可数的小岛。

自从二十世纪六十年代双亲去世，玛吉一直独自居住在老屋里。她的一生见证了小岛接通自来水和电路，以及洗衣机和拖拉机的进驻——家用电器的进化和农业技术的升级使人们在很大程度上得以卸下昔日岛屿生活的艰辛。她是一座桥梁，另一头连接佃农时代捕鱼耕作、自给自足的生活方式：从海里打捞海藻，晒干后一部分用来给土地施肥，其余的运到南边去充当制造肥皂和玻璃的原料；用马和牛拉犁耕地；用盐把鱼腌渍晒干，搭配马铃薯充当主餐。

玛吉下葬的那个清晨，我出门散了会儿步。整个
小岛离奇地安静——所有人都在教堂里，等待前往墓
地。那是个和煦的一月天，连风也静止了。晚上大约
五点，气压骤降，大风再起，一夜之间，奥克尼被这 158
个冬天最猛烈的狂风凌虐。

帕佩岛徒步委员会的环岛徒步之旅还在继续。我们爬上西岸，在礁石和海藻中间一步一滑时，夕阳正落入韦斯特雷岛。要是想擤擤鼻子或从兜里掏出相机，就不得不转身背对大风。这十一英里中，我们时而顶着冰珠，时而身披轻雪，一会儿又沐浴阳光，穿过彩虹，攀上石阶。一年中的这个时节，地面随处潮湿泥泞，让我后悔没穿雨靴。

空气中的高盐分会让雪片在下落过程中加速融化，所以帕佩岛很少真正降雪。即便如此，岛上的日常生活仍往往受天气左右。遇上坏天气，船和飞机都有可能不来。有一次我想飞去柯克沃尔买东西，赶到停机坪一看，航班因为大雾取消了。冬天必须做好两手准备，囤足物资以应对可能的停航。如果赶在这时遇上点儿小故障，比如汽车或者电脑坏了，生活就会变得倍加艰辛。搞来替换的零部件就得花上好一番工夫，车子则要用绞车吊上渡轮，送到镇上的修车行去，资费颇高。和全英国其他地方的人一样，我们也有各色各样的烦恼——和人发生口角，电子邮箱中垃圾邮件泛滥，信用卡公司催账，工作没有着落……唯独没有路边小广告、交通堵塞和环境污染。

圣诞假期期间，恶劣的天气意味着一连几周没有
渡轮，商店的生鲜食品几乎供不应求。平日里备货充 159
足的Co-op食品超市现在一天只开两到四个小时，去
买牛奶总像误入了热烈的社交大会。我没有汽车，所
以如果买了几大袋煤要搬回家，就不得不找人帮忙。
童年经历和大人的警告至今让我唯恐做出不恰当的举
动，说话不能太大声，做派不能“太英格兰”。可我在
帕佩岛遇见的都是友善、乐于助人的友邻，也会有人
怀着温柔的好奇心打探我究竟来这里做什么。

一天晚上，外面响起了敲门声：没想到，有人给我送来了三分之一颗卷心菜，只因为我路过商店时提了一句“一个人住买整颗太多，骑车也不好带”。小小的善举平息了我疑心自己无法融入当地的惴惴不安。小岛社会的运行比大城市单纯，我逐渐放下心来，看待世界的眼光也更加明朗。

在城市，我领悟到并不是每一个人都能够拥有生存的空间，正如偌大的伦敦容不下我。面试无果，租不到房，公交车上挤到变形，还要承担高昂的房租。相较之下，小岛是在招呼人们来住，以至于还安排了“试住房”，供（特别是以家庭为单位的）人们在决定

迁居之前事先体验一番岛屿生活。

岛上的“社区”概念与别处不同，它必须与社会的高流动性相适应。有些人，比如我，只来住上短短几个月，但未来会一直挂念着这里，不时回来看看。如果有富于冒险精神的一家人搬来住了几年又搬走了，则并不应当被视作失败，相反是健康的人口流动，为
160 当地带来新鲜和活力。人们往往用房屋的名字称呼彼此，而不是父姓。在集体记忆中，房子才是真正的熟人，它们比住在里面的人活得更久。

当我们抵达帕佩岛最北端时，太阳恰好落山。渐隐的暮色中刚够看出浪尖翻涌的白，仿佛诉说着大洋深处的暗流交汇。一艘轮船行驶在岛屿以北的海面上，一束船灯照亮了它东去的前路——后来我在航运交通网站上查到这是一艘从克罗地亚去往爱沙尼亚的油轮。商店店主阿曼达告诉我，她对手电筒着了迷，足足囤了六七十个。北罗纳德赛岛的灯塔在东方闪烁，更北处，一个微弱的光点忽隐忽现，也许是费尔岛的灯塔，也许是地平线上的星辰。

今夜，漫天繁星灿烂。我们关掉手电，在银河的

指引下行走在黑暗的海滩上。我们聊起“月虹”——满月的光芒制造的彩虹，几天前我的邻居在晚上淋浴时看到了。夏天出门寻找秧鸡的那些夜晚从没有如此深沉的黑暗，让人足以像这样观察星空：我们必须等到冬季，才能等来暗夜揭示它的荣光。两颗明亮的人造卫星快速划过。月亮朦胧地躲在低垂的云背后。

一行人沿东岸回到了出发的老码头。全程五小时，
走完路线、合成闭环，仿佛举行了一场宗教仪式。我 161
们穿越白昼、黑夜，在四季的天气中走过了四个罗经
点。循着我们岛屿家园的地理边界，向大海宣示了我
们小小的领土主权。

17

Merry Dancers 北极光

163 前一晚，我设了早上六点三十分的闹钟。报道说这个时间段有可能同时观测到四大行星。天还没亮，我起了床，有意没开灯，等到眼睛适应了黑暗，就在睡衣外面披了件外套，带着双筒望远镜出了门。

手机上的星图软件帮我识别方向，木星在西南方闪耀，在东南方可以看见金星。这两颗亮星我早已熟识，不过，就在金星正上方，隔着一个月亮的距离，还有一颗更遥远的星星：土星。土星自带光环，朦胧似月光。在金星上，一天比一年更长。[①]我期盼着看到水星从地平线下升起，但低垂的乌云遮挡了那片区域。

---

① 金星的自转时间大于公转时间，故有此说。

我躺回床上，窗外，云层漫过金星和土星。再次进入梦乡之前，我听见雨声落下，还有一头公牛在跺蹄。 164
当我再次醒来，一切仿佛一场梦：星河里的晨间梦游。

去年冬至，我回到奥克尼后不久，有生以来第一次对天文学产生了兴趣。这里冬夜漫长，没有光污染，也没有树木、高楼、山峰阻碍视野，是绝佳的观星地点。在特定气象条件下，可以裸眼看到仙女座星云——要做到这一点，非绝对漆黑的天空不可。“出去看星星”原本只是跑出去抽根烟的好借口，可我很快较真了起来。

一天晚上，本该去参加匿名戒酒会的，我却去了奥克尼天文学会的首次集会。戒酒是为了做想做的事，而不是花时间反复谈论戒酒这件事本身。自那以后，我夜里经常待在户外，摆好架势观星：仰着头，张着嘴，晕头转向的。在奥弗尔[1]冷飕飕的山坡上，我看见国际空间站在头顶迅速掠过。在奥克尼主岛的中心地带，我躲在布罗德盖石圈的一块巨石背后，夜空在环绕着我的低矮山峦和漆黑湖湾之上构成了一顶众星云

① 奥克尼主岛内陆的一个教区和定居点，位于柯克沃尔西南约九英里处。

集的华盖。

一天早上，我在玫瑰小屋里气冲冲地醒来。我梦见自己在夜店里，因为不能喝酒而感觉十分糟糕，满腹怨恨。我在夜店、音乐演出现场和深夜酒吧混迹十年，至少在最初的几年中都是被舞动的躯体、贝斯的节拍和伏特加狂乱地牵着走。戒酒以来，我只在极少
165 数情况下午夜晚归。有时候，我会觉得我这辈子已经完了。我无法想象，不喝酒要怎么蹦迪。

每年十二月中旬，当我们沿着日常生活的轨迹，为圣诞节做着准备的时候，地球正穿过3200号小行星“法厄同”（Phaethon）留下的一团太空碎片。其中的行星际尘埃和冰质天体同地球大气以每小时一点三四万英里的速度发生摩擦，燃烧产生了我们所知的“流星”。当然，它们其实并不是星星。“流星体”是形成我们所见的流星的物质，它们在与大气碰撞时“烧蚀”，创造了一年一度的双子座流星雨。

上一个冬天，在双子座流星雨极盛期前后的那几个夜晚，我独自跑到柯克沃尔郊外，在街灯照不到的地方寻找流星的尾迹。多云天气下什么也看不见，但

我爱上了寒冬夜行的感觉：形迹可疑，可是大脑出奇地清醒。今年在帕佩岛上，晚上十一点三十分左右，我往花园里搬了一张躺椅和一床羽绒被，仰面躺平，让星空充满视野。一个美丽的清夜，没有月光的干扰，银河在玫瑰小屋上空向远方流淌。

我事先关掉了屋里所有的灯，连笔记本电脑也合上了，所以没有一丝多余的光线。我举起望远镜在银河里细数，数出了昴星团[1]的七颗星。奥克尼诗人罗伯特·伦德尔也曾在这样的夜晚吟咏“星辰起舞”“璀璨夺目”。半个小时里，我数到十九颗流星，它们拖着耀眼的光一秒划过，大小亮度不一，有一颗那么亮、那 166
么近，我不由“哇”地叫出来。但它们全都转瞬即逝。

岛上零星还有几处房舍亮着灯，我侧耳倾听万籁：奶牛哞哞，间或有狗吠，但主调还是大海的涛声。岛屿两岸的涛声是不一样的：东边的海滩和北海相连，是清脆的爆裂声；而西岸，大西洋冲击岩石和崖壁，隆隆如雷鸣。海洋与海岸创作了绵亘而变幻的和声，

---

① 北半球冬季夜空中最亮的星团，位于金牛座，形似小北斗，又称“七姊妹星团”。

为帕佩岛上的生活伴奏。

很快，疾走的乌云遮蔽了星星，天空再次变得一团漆黑。我刚进屋，外面就下起了大雨。

脚踏大地，我在脑海中构建自己的空间坐标：在地球上，随着地球的自转日行千里，月亮、太阳和行星们因循着各自的轨迹。冬天，帕佩本地的老人家会挑满月前后那几天去邻居家串门，这样，戴月而归时路上足够亮堂。我思索着一年年的四季轮回是如何形成的，我的身体循环又怎样影响我对四季的感知：在天文学尺度上开拓自己的空间观念，促使大脑向外打开。我吸收着怡人的新知，比如，日暮分为三个阶段：民用曙暮光、航海曙暮光和天文曙暮光。[①] 当海与天融为一色、无法区分，航船不再能利用地平线来导航的

① 天文学术语。民用曙暮光，太阳位于地平线下 0° 到 6° 时的天际光，此时太阳刚刚落下地平线，但天空依然明亮；航海曙暮光，太阳位于地平线下 6° 到 12° 时的天际光，此时水天分界线尚未消失，天上的恒星已经出现，从前水手会利用水天分界线来测量恒星高度，从而确定方位、勘测航向；天文曙暮光，太阳位于地平线下 12° 到 18° 时散射的天际光，此时地平线上剩下最后一抹亮色。太阳落到地平线下 18° 以后，夜晚才真正降临。

时候，就是航海曙暮光的终结。

听人说用余光反而能看得远，有时候你直勾勾 167
地盯着一样东西，它可能就会消失。听人说星星看上去一闪一闪是因为地球周围的大气湍流扰乱了光的传导。是这些拼尽全力抵达我们身边的光让星空格外迷人。

我的左腕上有四颗雀斑，构成一个平行四边形，现在我才发现它们长得很像双子座星图。我思索着月球如何渐渐离地球远去，虽然每年只远三点七八厘米，约等于人类指甲的生长速度，可仍然叫人感伤至极。

我初次离开奥克尼时，朋友肖恩送了我一个指南针。去派对时我也把它挂在脖子上，如果有人问起，我会说它能指引我找到回家的路。无论我身在何处，北方永远是家的方向。某天晚上我把它弄丢了，然后，就彻底迷了路。

在柯克沃尔，我找到了观察北方天空的最佳地点：从老剧场侧边的消防梯爬到顶。假使听说哪天晚上地磁活动频繁，我就会爬到那里寻觅北极光，也就是当地人口中的“悦舞者”[1]。大多数时候我总是失望而归，有时也能隐隐看到幽光藏在云的后面。

这个冬天，有预报称太阳活动较往年更频繁，
168 2013年还将迎来“黑子极大期”——太阳活动最剧烈的日子，以十一年为周期出现。这时太阳喷射出的高能粒子与地球大气相撞，放出光芒，顺着地球磁力线偏移、组合而形成“舞动”的效果。奥克尼的纬度足够高，向北望时常能领略到极光的风采，只是不像北极圈内那样就在头顶上。

这些高能粒子从太阳抵达地球大气需要两三天时间。在NASA官网上可以查看由太阳动力学天文台几分钟前拍摄更新的太阳表面的照片，白色的日珥清晰可见——这种气体喷流有可能让粒子突入太阳系各处。我了解到，其他行星上也有极光存在。

关了灯，玫瑰小屋的前门外就是观赏极光的绝佳场地：北方远空一望无垠。视野的百分之七十五是天

① 奥克尼人将北极光称作“悦舞者”（Merry Dancers），可能源自方言中的“mirrie”一词，即发出微光之意，在当地口音中与英语单词“merry”读音十分接近。

穹，如果仰起头，就变成了百分之百。我到帕佩岛的头几周就比过往任何时候都要清晰地看见极光。当时我花了一支烟的工夫让眼睛适应黑暗，接着就——大叫了一声：“我的天！”从前我只见过低垂北方、些微泛绿的柔光弧，而这晚，整个天空布满了各种变幻不息的形状：仿佛从地平线下的灯塔直射而出的白光，头顶舞动的波浪形光幕，以及惊心动魄、徐徐绽放的一摊血红。它的明亮甚于满月，鹬和雁等鸟儿被这虚假的黎明唤醒，提前鸣噪起来。空中分布着静电，让这光带有一种非同一般的神秘，像是泛光灯照射下的 169
体育场，或是车头灯下的野餐。

尽管我是在奥克尼长大的，但从小到大都无意花时间去追逐这位“悦舞者”。我记得冬夜里父母亲唤我出门去看，我却只想赖在家里看动画片《超能泰德》[1]。记得我只透过农舍的北窗往外野上空瞄了一眼，不确定那条白光是不是他们想让我看的东西。经过帕佩岛的这一晚，猜想终于坐实了。

---

①《超能泰德》（*Super Ted*）是威尔士超级英雄电视动画连续剧，讲述具有超能力的拟人玩具熊的故事。

每隔一段时间我就出门看看极光还在不在，然后回到屋里跟进网络上实时发布的图像，与身在奥克尼主岛和“南边”的朋友交流观察所得，忙活一整晚。我在帕佩岛上能看到的，父亲在农场上也能。我查看了太空气象预报里的极光预测信息栏，眼下正值近几年来最高级别的一场地磁风暴。岛上的人们纷纷给邻居打电话，招呼他们出来看极光。第二天的咖啡早茶会上，每个人都兴致勃勃地谈论这件事，好似谈论一个出其不意的好天气或是一场婚礼。

我熬夜阅读有关太阳活动周期、日冕物质喷发、光子和地极的资料，了解到太空中有宇宙飞船和人造卫星正在监测太阳活动中的潜在危险，守护着我们。也有危言耸听的预言说，日冕喷发释出的能量会重创我们的电力系统。北极光也许就是一次警报。

过去，夜深人静时我常常从床上坐起，一遍遍刷新前男友早已弃不更新的个人网页。通过谷歌街景可以看到我们昔日同居的公寓门前，树木落尽了叶子，
170 光秃秃的。我渴盼他知道我现在好多了，但只有当我不再渴盼他知道这一点，我才真正称得上好多了。

但今夜我为极光心醉神迷。我沉迷于另一种沉迷。

当我去曼彻斯特探望汤姆的时候，即使路过熙攘的酒吧也不会往里瞥一眼，因为我在寻找天空中的流星。我还参加了帕佩岛上的“盛大晚餐”和“新年初访”，甚至跳了一小会儿舞。我感到自己有了足够的意志力在外面待到夜深。

预报说接下去的几周还会有太阳风暴。上床前，也许甚至零点之后，我还是会合上电脑、抛开手电，出门向北步入极光之境，继续仰望星空。也许事情没那么糟，我只是用星光替代了迪斯科灯球的反光，我依然有“舞者”围绕身旁，还有六十七颗卫星环护。

18

North Hill 北丘

171 帕佩岛上的大多数土地都是已经开垦的农田，奥克尼群岛整体给人林木稀少、冷风肆虐的第一印象，实际却要丰饶肥沃得多。夏季日照时间长，加之土地条件优厚，本地盛产质优价高的牛畜和足量的冬饲牧草。但岛屿北部的三分之一，也就是名为北丘的区域则不同，这里属于皇家鸟类保护协会的自然保护区，没有被划成一块块农田，而是保留了自然原生态，岛民只有凭借自己的公共放牧权，才能在议定的时间段内开展少许放牧活动。

每周我都会来北丘散几次步。一片绵延弯曲的缓坡坐落在悬崖边缘，饱受风蚀，和外野的生境相似，都属于被称为“海边石南原”的鸟类栖息地，让我感觉像回到了家。我又变回十几岁，踞坐在视野开阔的高点上，戴无指手套在笔记本上写写画画。平坦开阔的海岸是我的天然栖息地。

北丘海拔仅五十米，已经是岛上的最高点了。一
旦翻过它，无论哪座房子里的人都看不见我。在北丘 172
那边，我从来没有遇见过人类，唯有大洋从西、北、东三面涌来。这个冬天，这片荒原只属于我。

山坡上立着一根电线杆，被改造成了海岸警卫队的瞭望台。我攀着脚蹬爬上去，视野大开。海中央，白色碎波激涌，是大西洋与北海的洋流交汇之处。向北远眺，越过悬崖，视线可以直抵北冰洋，近乎抵达世界尽头。

我手脚并用，紧贴杆子，想象自己正在捕鲸船的瞭望斗里抱着桅杆，渴望着目击罕见之物：一只雪鸮或一头虎鲸。有人告诉我，天气好的时候可以从这里看见北方地平线上的费尔岛，甚至设得兰群岛的萨姆堡角和富拉岛。和我们设想的不同，冬天看到它们的可能性比夏天高，因为热霾会扭曲视线。扫视地平线时，我发现自己的双眼很难聚焦，它们习惯了近距离盯视电子屏幕。海天分界线前方那部分可见的海面被称为“外视海面”（offing），因此将要抵达的航船被形

容为“靠岸在望”（in the offing）[1]。

你距离地平线的远近取决于你距离海平面的高度。假定把眼睛放置在陆海交接线上，可以想见看不了多远。我身高六英尺，由此计算，我看向海平面的时候，地平线距我三英里；但如果登上一座五十米高的山丘，再爬上一根三米高的电线杆，这个数字就会增长到二十六千米。

如果你观察的客体位于地平线后方且耸起在海
173 平面上，那么运算就更复杂了。费尔岛上的沃德山海拔二百一十七米，站在北丘上的观察者只要与它相距不超过七十七点八千米，理论上就能看见它。我查询了谷歌地图，结果显示两地相距七十三点二千米，因此在晴朗的气象条件下，即使不说大概率可见，也绝对是有可能看见的。然而，帕佩岛的居民还声称望见过费尔岛上的绵羊岩那“独特的曲线”。绵羊岩只有一百二十一米高，距离帕佩岛七十四点六千米，太低也太远，理论上不可能看到。是岛民们出现了集体幻

① offing，意为视野范围内不包括近海和锚地的远方海面，同时也有即将发生的意思。

觉，还是说他们只是“看见”了自己想看的东西？也许把大气折射纳入考虑范围，通过更为复杂的运算，是有可能找出答案的。

吉姆在帕帕韦斯特雷岛上生活了一辈子。新年前夜的聚会上，他告诉我一桩奇事。有一次，他从他的家，即东海岸上的科特小屋看到了北罗纳德赛岛——这事儿本身并不稀奇，大多数时候我们都能看到——可那次，整个岛是上下颠倒的，房顶和灯塔尖都朝下指向大海。十五分钟后它就消失了。

吉姆看见的景象可以用极不寻常的特殊大气条件来解释，属于海市蜃楼中的“上蜃”，人称“摩根仙子”[①]。当光穿过上下存在温差的空气层时，路线会发生扭曲。如果遇上特异的逆温现象，也就是冷空气层位于暖空气层之下，就会形成大气波导。大气如同一个透镜系统，折射、反转我们的所见，于是有了吉姆看到的头冲下的灯塔。

“摩根仙子”会变出形态各异、变化多端、层层堆

---

① 原文为“Fata Morgana”，意大利语。这种海市蜃楼经常见于意大利的墨西拿海峡，亦常见于极地附近。

174 叠的景象，倒立和正立的有时同时出现，还会让航船飘在空中。“摩根仙子”这个名字事实上源于亚瑟王传说中的女巫摩根勒菲，她用咒语幻化出飞翔的城堡和虚妄的陆地，引诱水手们走向死亡。

接着，吉姆讲了一桩更惊人的见闻：有一次，他一眼望到了挪威，还形容那里的海岸线如何点缀着美丽的峡湾。挪威海岸离帕帕韦斯特雷岛距离最近的一点也有四百五十千米之遥。大气折射的确有可能让你看到地平线背后的东西，因为海市蜃楼会将事物本体的影像投射到高处，但和挪威比起来，看到费尔岛绵羊岩的可能性还是大多了。

海市蜃楼可望而不可即。和赫瑟布莱瑟一样，它永远只停留在远方的地平线上。

我一边漫步于北丘，一边拨弄口袋里的“韦斯特雷女俑”仿制品。那是一个四厘米高的小人偶，她的原型最近刚从韦斯特雷岛上发掘出来，其历史可上溯到新石器时代。匿名戒酒会建议我们冥想静修，这对我来说很难，因为我会分心、烦乱或者睡着。所以我转而实践自己的沉思方式——在山上行走，把周围的环境纳入自身。当我行走时，运动让我得到安抚。身体有事可做，头脑就自由了。和外野一样，这里并不像乍看之下那么空芜。我在崖顶发现了一只海星，想必是鸟儿丢下的；还有考古遗址，即四十座古坟。搁浅在最高水位线以上的漂流木按规矩已归其他岛民所 175
有，不过我可以自由捡拾低潮线以下的木头。一场西风过后，总能满载而归。

山丘上布满了弹坑，二战时这里被英国皇家海军用作打靶场，军人从船舰上向小岛试射炮弹。冬天坑里蓄满雨水，大的接近儿童泳池，小的也有按摩浴缸那么大。据说曾经有枚炮弹飞过了头，掉在了原定落点的南面，差点炸死一个农民的妻子，她的奶牛没能幸免于难。战争结束后，导弹发射舰上的一名士兵简直不敢相信，这个被他们当作射击目标的小岛竟然是住人的。

保护区东部的悬崖，人称“鸟壁”，是繁殖期海鸟的家园：海鸽、刀嘴海雀、海鹦、欧鸬鹚、暴雪鹱、三趾鸥。就像伦敦哈克尼的郊野公园里，酒鬼和带娃家长们有楚河汉界一样，每一种鸟都在峭壁的不同高度上割据了各自的地盘：海鹦的巢在崖顶的兔子洞和粉红海石竹丛中；暴雪鹱住在顶部的岩脊岩缝里；欧鸬鹚的大窝用褐藻做成；更低处是群居的海鸽，它们挤在一起，保护产下的蛋免受天敌劫掠；刀嘴海雀星星点点散布在海鸽中间。

这个时节，海鸟几乎全走了。海鹦和其他几种鸟都将在海上度过整个冬天，因此我能在山上畅行无阻。
176 夏日访客会被要求贴着岸走，把北丘留给北极燕鸥群繁衍后代。繁殖季的燕鸥护巢尤其激烈，会斗志昂扬地向路人发动俯冲攻击。

玫瑰小屋的壁炉台上就有一只北极燕鸥的翅膀，它看上去那么小、那么纤弱，很难想象能够承受那样的长途跋涉——北极燕鸥的迁徙是所有鸟类中最漫长的，每年春天它们从南极飞回帕帕韦斯特雷岛，行程达到令人难以置信的一万英里。当地人说北极燕鸥会乘着“五月的第一场雾”归来。每一年它们都拥有两个夏天，比这个星球上的任何其他生物见证更多的白昼。

北丘北极燕鸥栖息地的规模一度在全英国数一数二，多达九千只，其后意外锐减，上一个夏天保护区里只统计到二百一十三对。它们在北丘一共营建了四个聚居点，产卵、孵化，但六月接连突遇大风、寒潮，其中两个被毁。有些燕鸥在剩下的两个地方成功孵出了小雏，然而到了七月中旬它们还是抛弃了这里，没有雏鸟活到会飞的年龄。童年时代在我头顶上猛扑的燕鸥们再也不会回外野了。

北极贼鸥和北贼鸥也在北丘筑巢。贼鸥是偷窃寄生的老手，它们骚扰海鸥等其他鸟类，迫使它们反吐食物，占为己有。不同于世界其他地区，贼鸥在这里是常见的“菜鸟”：奥克尼群岛和设得兰群岛群集了全世界百分之六十的贼鸥。去年，北丘共统计到二十二对北极贼鸥，二〇一〇年这个数字是四十二对。

过去二十年里，苏格兰海岸一线的海鸟数量锐减。 177
鸟壁和奥克尼群岛所有的悬崖栖息地一样，不像我小的时候那么热闹了。主要原因在于鸟类食物供给的变化。北海的温度在过去的二十五年里升高了1℃，这导致浮游生物数量减少，以浮游生物为食的沙鳗种群随之衰落。这又意味着以沙鳗为主食的海鸟面临吃饭问题，比如北极燕鸥、三趾鸥、海鸽和欧鸬鹚。没有足够的沙鳗，燕鸥们没了气力，还不得不飞到更远的地方觅食。它们可能因此无法筑巢定居，即使住下了也可能无法给自己和孩子找到足够的食物。

如今已经灭绝的大海雀是刀嘴海雀的近亲，站起来足有一米高。英国最后一只大海雀于一八一三年在帕佩岛上遭到射杀，是被一名伦敦收藏家订购的。二十世纪九十年代，帕佩的小学生排演了一出讲述大海雀悲剧的戏:《杀死最后一只大海雀的入侵者》。有一次，我站在鸟壁上拍了一张海蚀石拱的照片，当我把照片拷贝到电脑上再看时，发现自己的影子投在悬崖尽头，蹲坐的姿态无意中像极了那只孤独的大海雀。它离开这个世界已经两百年了。

尽管有些物种衰落了，另一些却活得很滋润。北丘拥有全世界最大的苏格兰报春花植物群之一，这种独特的植株只会长到四厘米高，花朵直径八毫米，在高盐多风的不毛之地欣欣向荣。它们只分布在苏格兰北部海岸的个别区域，土地需要满足特殊的生长条
178 件——既不能疏于放牧，也不能过度放牧。每隔两年，北丘上就会迎来一场苏格兰报春花“花口普查”，去年计得总数八千一百三十四朵，其中六百一十七朵是我在绳子拦出的小道上爬着数出来的。

我也协助进行了一次帕佩岛冬季鸟类月度调查。树木的缺席方便了计数工作，我举起双筒望远镜仔细搜索山丘和海岸。海上跨着一道虹。我驻足片刻，观察北鲣鸟潜泳。它们迅捷地收拢羽翼，化身一支支完美的箭，一头扎入海中。看着它们，我不自觉地联想起几周前的流星雨：眼角余光里的急速下坠，消失前的光辉溅落，心头一颤的兴奋劲儿。和大多数海鸟不同，北鲣鸟属于近年在奥克尼群岛一带成功繁育后代的少数鸟类。韦斯特雷岛上的瑙普角栖息地在二〇〇三年才第一次有北鲣鸟前来筑巢，当时才三对，现在已经壮大到六百二十三对了。

一月中旬的这个周一早晨，在我们的小岛上共观测到四十七种鸟，包括一百零二只杓鹬、二百八十只紫滨鹬、二百七十六只暴雪鹱、十六只红胸秋沙鸭、一千只椋鸟、两只白尾鹞、一只红隼和一千五百只灰雁。鸟类居民的数量是人类居民的好几百倍。

鸟壁位于岛屿最北端，是一块一英亩见方的蓝黑色楔形砂岩，地势险峻，向着汹涌的波涛倾斜，上面披覆着光滑的黑色地衣。地衣的光生物学作用在岩石

179 上肉眼可见：潮湿的地方呈黑绿色，干燥处呈灰白色，潮水溅落的区域呈黄色。

在鸟壁上下，地图上标示着许多岩洞。我趴在悬崖尽头，尽可能地探出头去看个究竟。最好的办法是从海上看。渔民道格拉斯告诉我，他开小船进入过其中一些，有的甚至深入岛体五十米，你可以从一个洞进去，然后从另一个出来。北丘表面布满弹坑，连脚下的大地都是中空的。

我在指南针的引导下直线前进，爬上小岛的脊梁，路过电线杆上的瞭望塔，走到北丘上的三角测量点[1]。从山顶转身回望全岛，冬日的太阳挂在南天，阳光从大路的正上方向四野照射。今天有风，阳光奋力穿透海雾。岛屿在朦胧中颤抖。

雾气令我坠入迷幻。岛屿的地貌化成了伦敦地图。帕佩岛的面积是哈克尼区的一半，人口却只有后者的十万分之一。脑海中，帕佩岛的中央大道成了同样是南北走向的梅尔大街，一块块田地里拔起高楼，霍尔

---

① 三角测量点，高地上作为参考点的位置，尤其用于制作和使用地图。通常在地面上用一根短石柱作标记。

姆岛是哈克尼沼泽地，海湾是伦敦郊野公园，输电线是铁轨，每一座房屋都是一个车站。海鸥的尖叫成了警笛，海潮是不息的车流。

曾经有一次，我沿着冬天的哈克尼纤道骑行，雾厚天寒，当我破雾而出，睫毛缀上了白霜。

* * *

有一天早上我也是这样在山上散步，太阳出其不 180
意地露了脸。正当我心旌飞扬、大步向前时，一个念头“砰”一声撞进脑中：要是有一品脱冰啤酒就完美了。类似的想法会在最低落的时刻袭来，也会在最美好的瞬间闯入。我哭了起来。戒酒到今天已经二十个月零八天，我为人生的种种改变感到高兴，可也仍常常灰心丧气，只因为我不“能够”喝酒。我戒了酒，但渴望喝一杯。难以忍受的苦痛悖论。

刚开始戒酒那一阵，我靠一种叫作阿坎酸的药物抑制对酒精的渴望。然而没有药物能够根除深层次的饥渴。我需要的不是酒精，而是酒精在我身上唤起的东西：那种放松的感觉。问题不在肉体层面。即使摆脱了对酒精的渴望，我依然需要面对这些问题：首先，为什么我有这样的需求；其次，用什么填补它留下的空洞。

为了克制内心的不满足，我尝试用自己的方法来疗愈：徒步、冬泳、有条理地阅读从前的日记；学习甄别和品味自由：不束缚于一地的自由，不为盲目的冲动所役使的自由。我用新的知识和美的瞬间填补那个空洞。也会有危险的想法——当我涌起渴望，我觉得自己一辈子都会如此渴望——然而我只需等它悄然走开。决不能取悦它，助长它的气焰。

有一天正起着风，我又爬到北丘的顶点，被吹得
181 晃悠悠跪在地上。阳光用海沫制造彩虹。我继续朝鸟
壁走去。登上崖顶时，心是出笼的野兽，向天空敞开，全然忘我。我走到绝壁尽头，用最大的音量向洋流翻滚交汇处放声呼喊，喊声被浪头截住，推回海岸，推进那些我无法抵达的岩洞里，回声在脚下翻滚如雷。

19

Online 在线

我走进玫瑰小屋的第一件事，就是确认宽带畅通， 183
这一点比有热水还要紧。在岛上，我像中世纪人一样度日——一个有Wi-Fi的前现代居民，精力都花在生火、烤面包这些维持生存的基本事务上了，对手机的依赖也与日俱增。

无论去哪里我都带着笔记本电脑，大多数时间挂在网上，所以在宁静美丽的帕佩岛上也不妨如此。过去的十来年里，网络让远程工作成为可能，更多“南边人”因此拥有了北上来群岛定居的条件。这种工作模式让小型岛屿重燃了一线生机，它们岌岌可危的人口数字稳定下来，甚至有望回升。相比都市，网络对偏远社区而言更为重要。自从我戒酒回到奥克尼，我泡在网上的时间更多了。这是与旧生活保持联系的一种方式，我并不打算和它一刀两断。我依然和昨日的幽灵秘密往来。

184 有时也会掉线。帕佩岛的有线网络是通过黄铜电话线连接的，岛上人口太少，不足以撬动电信公司前来铺设光纤电缆。网络微波信号从柯克沃尔传输到沙平赛岛，再到桑迪岛和韦斯特雷岛，然后才是我们。每过一站，网速就更慢一点。无线网络则受风的影响，帕佩岛的半边能接收到奥兰治公司的移动信号，另外半边是O2公司的地盘。我永远在等待，等着下一阵大风把我的手机短信吹来。

在数字媒体时代，住在岛上的我们时常发现，技术可以让我们更加亲近自然，尽管两者看似背道而驰。如果一只稀罕的鸟（比如海雕）在奥克尼上空被目击，或是一群虎鲸游近海岸，人们立马会在本地观鸟论坛或短信群里互通消息，大家都冲出去围观。极光情报在社交网络上实时转发，第二天甚至当天晚上，人们就分享起了自己拍到的照片。

桑迪岛上安装了一个正对灰海豹栖息地的网络摄像头，每年十一月这些动物会上岸来产崽。我把实况链接放在脸书上，这样朋友们坐在伦敦的办公室里也能看到体型庞大的母海豹带着孩子在岸上滚来滚去。海豹宝宝长得像泰迪熊，还不会游泳。我们一边在网上夜聊，一边通过夜视摄像头看海豹，画面中一只黑背鸥正在啄食海豹胎盘。

我想起九十岁的玛吉，以及她和这个地方一辈子的羁绊。她记住房屋的名字以替代邻居的姓名，正如我用互联网的不同角落、不同时期来定位认识的人。
他们当中很多人我从来没见过面，可我们有意无意关 185
注彼此的生活许多年。很多时候，我觉得自己的真实人生似乎存在于电脑里，而我回到奥克尼的这些日子、在这里遇见的人只是一种暂时性的时空入侵。推特上素未谋面的网友要比面对面办公几个月的同事、一起念书的同学相互了解得多。我四处迁徙，但互联网才是我真正的家。

我在手机上新装了一款GPS软件，用以追踪每天的徒步轨迹。从羊群踏出的小道到潮汐最高水位线，在小岛的界限之内，我用双脚绘制一幅地图。把它叠加在帕佩岛的卫星地图上，背后的情节随之浮出。GPS轨迹显示，我的行走发生了变化。起初是大步快走，沿着海滨小径走很长的路，圈定自己的领地。几周过去，步履慢下来，变得更具探索性，在小范围里寻幽探微：攀下岩石，深入峡湾，在岩池中寻找宝藏。

口袋里的地形测绘地图、手机里的谷歌地图、可见可感的现实世界，我在三者之间穿梭切换，定位自己在海岸线上的位置，也把北丘周边的小海湾、崭露头角的岩石和它们的名字一一对应起来。退潮时的凯尔迪潭看上去是个游泳的好去处，疯人峡湾阴森而逼仄。对我来说，这些地方既存在于数字世界，也存在于脚下。

纸质地图上的奥克尼群岛和设得兰群岛通常出现在页边角额外辟出的小方框里，放在不列颠岛的东边而不是北边。如今有了谷歌地图，它可以顺着地球表面无限铺伸。深夜的尽头，我的目光最后总是停留在苏尔礁的网页百科和卫星图像上。它恰好位于外野西面的地平线背后，每到春天，上千只筑巢繁殖的海鹦
186 和北鲣鸟蜂拥而至。在网络空间的这一地带，潮汐似乎尤为有力，一次又一次把我送回这里。

打开星图软件，手机对准夜空，就能识别出那个方位上的恒星和行星。有一天晚上，朋友问我天上那颗明亮的恒星叫什么，我说我觉得这不是一颗恒星，

而是土星。[1]软件证实了我的想法，让我对自己为数不多的天文知识又自信了一分。星图界面标出了地平线，有点像水平仪，即使在风最大、天最黑的夜晚，也能够提供一种数字化的“脚踏实地”。地平线下、世界的另一边，国际宇宙空间站今晚正好路过，只有南半球的人才有机会观测到。宇航员把他们从空间站拍摄的图像通过推特发回给地球上的我们，地球上的网友回复自己拍到的慢门照片：空间站在头顶拉出一道长长的光轨，横跨大陆。

一天早上，我从脸书上收到情报，有人看见奥克尼西海岸有虎鲸捕猎海豚，正往北边来。我动身去北丘，屏蔽一切干扰，全神贯注地搜寻它们。没发现任何鲸鱼，只见一艘巨轮恰好消失在视野中。原以为肯定是一艘开往北海钻井平台的油轮，回家登录航运交通网站一查，发现竟是一艘名叫“库兹马·米宁”号的俄罗斯货轮，目的地是俄罗斯北部的坎达拉克沙。航班雷达网站则告诉我，某个明澈的拂晓，韦斯特雷

① 恒星是能自己发光的球状或类球状天体，太阳是离地球最近的恒星。土星属于行星。行星通常自身不发光，环绕着恒星运转。

岛上空的飞机尾迹云是汉莎航空的一趟从洛杉矶飞往法兰克福的夜间航班留下的。

187 投入观察万物的时间越多，我收获的知识和对世界复杂性的体认也越深入。慢门照片泛着超自然的幽光。网络浏览器窗口挨个排开。我感到自己全知全能，全球的交通物流在眼前舞蹈、交汇但永不相撞，就像集体飞行中的大群椋鸟。

海鸟被人捕获，装上GPS数据记录仪，最初的目的往往是调查它们为了找到食物要飞多远。伊万和朱丽叶在科平赛岛上抓捕过一只暴雪鹱作为实验样本，结果显示它一直飞到挪威才折返回巢。装了太阳能定位器的长脚秧鸡，其行踪可追溯到非洲，当它们到达那里的迁徙目的地后，定位装置就没了反应，因为秧鸡们又一次受到茂密枝叶的庇护，隔绝于太阳光。上个夏天，母亲在斯卡帕湾划独木舟时见着一条姥鲨，这个物种据说在我们海域的数量正不断增长。为了将传闻转化为实际数据，研究者们给苏格兰西海岸的二十条姥鲨安了追踪器，我们能在网上近乎实时地观察它们的动向。

我没在追踪某种神秘或濒危的物种：我研究我自
己，用一种半科学的方式对灵魂进行深度测量。Last.
fm[①]记录了我听过的每一首歌，实时更新我最爱的音乐
人名单并推送新曲。脸书把我的好友按互动频率进行
排序。我追逐着推特转发和算法规则。我处在变动不
息的自我定义中，着迷于计数、规划、标记每天的一 188
举一动，收集无穷无尽的数据。我持续监测睡眠周期，
研究自己的梦境。我下载了一个月经周期记录器，看
它与打开在另一个浏览器窗口里的月相盈亏同步消长。

一天深夜刮起狂风，我在玫瑰小屋的卧室窗边用手机录下风声和雨声，手机里的噪声测量App显示传到床头大致是六十八分贝，近似两人大声交谈的音量，令人难以入眠。我想起童年时农舍的卧室里也有这样的风雨声。我想起从前在夜店里对着彼此的耳朵大声叫嚷，试图盖过音乐的轰鸣。今晚，风和手机是我的伴侣。

我也录下鸟壁底下的碎浪声，灰雁夜半神秘的啼

① Last.fm，世界最大在线音乐服务商之一，以在线音乐平台和音乐社群为主体，总部位于英国。

鸣和振翼声，从电报线之间穿过的风声和飞机螺旋桨熟悉的嗡嗡声。我把录音上传到网上，二十秒来自岛屿生活的感官记录，其韵如诗。

然而，网络和它的所有虚拟链接有时只会让我陷入更深的孤独。Skype聊天制造了一种疏离，你虽然盯着显示屏而不是摄像头，却没有真正的眼神交流。再回到现实中面对面时，我们会犹豫、眨眼，在回应之前久久沉默。在网上度过太多时间，现实生活也变成了另一个电脑界面。如果我能躺在床上捂着电热毯观
189 看视频网络上的自然纪录片，为什么还要出门去看野生动物呢？

夜半，我在无所寄托的不安中半梦半醒，手机是我的救命稻草。网络仍是我转而寻求慰藉的地方，从前我就常常在酗酒的同时上网发帖。近来，我清除了几年前酒醉时用各种不同的身份、账号在网络各个角落留下的痕迹。过去我总在网上像恣意泼洒红酒一样倾倒心事。

“成瘾转移”这一概念是指在禁止摄入酒精的情形下，酗酒者会将其成瘾行为转向其他对象，常见的

有暴饮暴食、狂热运动、购物血拼和滥赌。在我身上，它表现为过度迷恋可乐、抽烟、交友和上网。有时我嘴里抽着一支烟，心里已经在渴望下一支。我会死死盯住一个新朋友，沉浸于窥视他们的个人网页，试图用他们的人格消抹掉我自己的。

空洞就在那里。我失去了痛饮的资格，绝望地寻找着什么来把自己填满。是咖啡、性、写作、爱情、新衣服，或者，是网上的点赞？我读到的一些资料说，电子设备的哔哔声和振动会影响并改变我们的大脑状态，激起多巴胺和肾上腺素的短促飙升。为了这一星半点的刺激，我逡巡在各个熟悉的网站上，像一只迁徙中的鸟，循着河流和高速公路飞行。我时时刻刻在等待那个提醒新消息送达的小红点，它能带来的稍许快慰堪比啜下的第一口啤酒、焦渴中一杯沁凉的水、筋疲力尽时一张柔软的床，或者，当你做好溺水的准备，缴械投降时，放弃游动的瞬间。

我打开了二十个浏览器窗口，每一个都是一趟没
有尽头的旅程、一场未完成的思索。我还不能睡：大
脑里还开着太多网页。渴望无法抑止。我把从前的邮 190
件翻出来重读几十遍，企图读出不复存在的爱情。我

试着找到正确的东西来填补空虚，但它总是腾挪闪避，从意识的边缘、从眼角轻轻擦过。你走过去想要拿住它，然后发现自己已经记不起想要拿住的是什么——刚好位于地平线背后的岛屿。

在空虚中，我思念酒精。我思念酒精，就像我思念前男友。也许强行扭转我的酒鬼生涯是残忍且违背本性的。我记得小时候家里没有饮酒无度的坏榜样，虽然父亲躁狂发作时会喝得比平时略多，但青少年时代的我一沾酒就显示出一种危险的急不可耐。我是个天生的酒鬼，现在被迫远离酒精，这让我饱受折磨。

至少，酒精能够解答那个含糊的问题，给出一个量化的答案。它填补了空虚。没了它，我被独自留在原地，思考问题出在哪儿。这种时候匿名戒酒会建议采取“十二步骤法”，第一步：“我们承认，在酒瘾问题上我们无能为力——我们的生活已经失控。”这套方法我在戒瘾中心试过，但一直心存抵触，不愿参照余下的步骤按图索骥。

在戒瘾中心度过的日子教我学会了辨识内心感受，尝试理解某些行为的动机是什么，实际又会造成怎样的后果。所以我后退一步来看自己头脑空空地点着鼠

标停不下来这件事。我意识到，手机没电、步数不被 191
记录时，我几乎觉得自己不存在。我希望能用技术让生活变得更好，但也明白要用之有度，否则有可能被反噬。我清楚地认识到自己有成瘾倾向。

我用技术把自己从海洋的遥远边缘送抵某个世界的中心。我试图理解身处的周遭。借助数字设备，航班、飞鸟和星辰变得加倍量化可感。我试图与帕佩岛以外的世界、与我过去的生活建立一种关联。于是我拍下韦斯特雷岛的夕阳，上传到脸书。天空转化为0和1的二进制编码，数据飞向卫星，通过海底光缆、微波信号和黄铜电话线，越过群岛，奔向你。

20

Sea Swimming 海泳

193 虽然酗酒最终导致了恋情的破碎，但我们在一起的最初几周，他颇为我性格中自然流露的酒神精神所倾倒。一天深夜，我们携手翻过十英尺的高墙，悄无声息地落在我当时寓所附近的公共露天泳池边，铺着瓷砖的地面上。夜凉如水，泳池里的水却是舒暖的。在闭路摄像头的监控里，全身只戴一顶巴拉克拉法帽①，我们在月光下裸泳了几个来回，第二天才发现身上的擦伤和淤青。我至今存留着几张照片，闪光灯把我们苍白的皮肤打得雪亮。

既然回到了奥克尼，我又重拾露天游泳的快

---

① 巴拉克拉法帽，一种包住脖子、面部和额头，仅露出眼睛的保暖帽，源自克里米亚地区的巴拉克拉瓦。

感，加入了一队自称“奥克尼北极熊”的怪咖。一年三百六十五天，每个周六清晨，他们都会跑到群岛的不同角落，跳进海里游泳。

游泳前，我会喝上一碗粥，听些昂扬不羁的说唱音乐做心理建设。我们这群人怪得很：躲在车子后头
换泳衣，冻得浑身起鸡皮疙瘩，头上还戴着羊毛帽。 194
组队游海泳要比自己一个人更有动力。每个人都有自己的入水风格，有人喜欢激情狂奔、一鼓作气，其他人则会在水没到屁股高的时候来回试探。

游泳是品味奥克尼四季更迭的一种方式，因为下水的地点每次都依潮汐和风向而不同，所以顺势也就能领略各处风光。作为群岛的一部分，即使是相对小的岛，也有几英里长的海岸线，大多人迹罕至，对我来说十分新鲜。我们在主路边的大桥下游过，路过的卡车朝我们按喇叭打招呼；还有一次，车在坑坑洼洼的小路上开了很久，我们翻过篱笆墙和扎人的荨麻，抵达一片与世隔绝的沙滩秘境；岩池和海港也都是游泳的好地方。

游海泳时常会遇到船只遗骸，锈迹斑斑的船身赫然高耸在头顶，都是些二战时用于封锁海上通道的阻

塞船，散落在奥克尼海岸沿线。在海上，我们可以用不同的视角观察陆地，还会和鸟类亲密邂逅：我曾经撞上过一只白翅斑海鸽，还有一次闯到了一群潜水的北极燕鸥当中。

在海里游泳和在加温、氯化消毒的四方泳池里游泳大异其趣。有时会有好奇的海豹凑过来陪游。一名队友潜到水底，掬了满满一捧蛤蜊上来，带回家给午餐加个菜。游过之处，底下或是沙滩、卵石，或是藻丛、淤泥，有游鱼飞鸟相伴，也遭遇过各种天气。

我们顶着暴雨去游泳，车前窗的雨刮器开到最大档，一下车，大伙儿集体冲刺窜入水底，在大海的庇护下免于被冷雨浇透。来往的航船掀起阔浪，将我们
195 抬起。水的姿态永恒不定：有时是深色的天鹅绒，有时清澄平滑如明镜。随着我们的游动，阳光照亮水面的波纹和水下的气泡。

五月一日，为了庆祝五朔节（又称贝尔坦节），破晓前的五点十四分，我们在奥克尼主岛最东端的海滩上集合，等着看海上日出。刚到时，大海还是浓稠的黑暗，随后朝阳升起，点亮了我们的笑靥和荡漾的波涛。

夏至日的深夜十二点零九分，我们在主岛北岸游泳，天空笼罩着“午夜微光”。第二天早上，我还能闻到篝火和海盐的味道。指南针和历法指引我们在收获节当天去西海岸看日落，作为对当年第一次收获的古老庆祝。但那是个雾夜，没有太阳，峡湾里阴森可怖，我们踏着海藻一步一滑，雾里只露出队友们的半截身体。我搬到帕佩岛之后，冬至日那天，队里还组织入夜后下海冬泳，他们戴了头灯，在海滩照明灯的指引下游回岸边。遵照罗盘指针、月相图、潮汐表和太阳历，我们游泳庆祝夏至与冬至、春分与秋分，为一年四季赋予仪式感。

直到回到奥克尼以后，我才开始理解并了解这些自然时令。不过，我喝下最后一杯酒的次日，也就是我戒酒的第一天，正好是三月二十日春分。从那时起，每一个夏至、秋分、冬至、春分都标志着我又滴酒不沾地挺过了一个季度。我享受这种感觉：把我渺小的抉择、个体的行动和太阳系的运行联系在一起。我们的海泳仪式也是颂扬这种联结的方式之一。

天总是冻得人倒抽凉气。整个夏天海水温度逐 196
渐爬升，到九月时达到平均13℃，尚且还是一般的

“冷”；接着，气温开始低于水温，海水在二月达到“极冷”的4℃上下。头一回下水时我的皮肤感觉像烧了起来，好在之后的每个周六都比上个周六要好上一些——身体自己会适应环境——不过我还是团队中最弱的，别人还在绕着码头蛙泳的时候，我早早就跑回岸上擦干身子了。真是欢乐的一伙，昂着头，游泳时嘴里还唠着嗑。

我想把自己激醒：我在中央空调和电脑屏幕前待得太久了，应该听从自然法则的吸引出去感受寒冷，去让皮肤没入野外水域。我想借此冲破受困于岛屿的那种挫败，打开一个出口，而不是借酒消愁。浸没于寒冷也会让人上瘾，游泳的当下或许并不舒适宜人，但我发现自己从心底里渴望着下一次。约好了再去，早早地筹划，打量着适于游泳的湖泊、海湾、水库。我想在积满了水的弹坑里游。

最开始的几次，游到半途我的身体就会陷入恐慌。一想到下方的海域深不可测，联想到溺水的画面，心就跟着狂跳起来。得赶紧游回岸去，越快越好。最后，当我把自己拽上船、爬上码头或者被浪头冲上海滩时，我感到自己被拯救了：重获新生，活力满满。

人们宣称游野泳对健康有各种各样的好处，比如
加速血液循环、提高免疫力，户外游泳协会还保证说
“冷水让人永葆青春”，但我主要是为了获得快感，即
使在冷水中小小地泡一下，也会刺激内啡肽的分泌，
让人兴奋起来。游完泳，我带着傻乎乎的微笑和被海 197
盐泡得通红的皮肤开启我的周六，第一站是去超市采
购。别的“北极熊”都说游泳给他们的周末开了个精
力饱满的好头，不过有个队友告诉我，她只是喜欢让
别人以为她脑子有毛病。毕竟这是种不太“正常”的
爱好、每周一次的历险。

搬来帕佩岛以后，我决定和奥克尼主岛上的“北极熊”们保持同步，作为北极熊俱乐部帕佩岛单人小分队，每周六早上十点去游泳。先骑五百米到北湾，把单车撂在沙丘上，脱光衣服奔向绿松石色的大海上的朝阳。清浅的海水、明净的沙质让北湾和南湾总是呈明亮的碧蓝，一派热带海域的色调掩盖的是北地的寒凉。

我脱掉衣服，把它们留在岸上，这时，我回想起自己也曾经这样在伦敦一个陌生人的公寓里脱光。我

记得当时的沮丧和愤怒。这就是我仅剩的一切。这就是你害我沦落的绝境。如今我的心没那么痛了，但我还是那个我：全身赤裸，不加掩饰。

大海的秘密你只有潜入水下才会知道。海浪会搬动石头，大个的卵石会悬停在水中央，或者被毫不费力地甩来甩去。我以海豹的视角看到一只鸥落在水面，似乎压根儿没注意到我的存在。一个早上，天空倒映在平滑如镜的海面上，我浮游在云中。

198 独自游泳时我会怀念队友们的加油鼓劲。一个阴冷的周六早晨，我骑车去海滩，盯着浪看了一会儿，脱下马裤感受北风的寒意，蒙蒙细雨和海沫濡湿了双腿，可我怎么也没法让自己下水。我触到了自己的极限。

我们游泳时，海豹们会突然从近旁探出脑袋，用人一样的眼睛饶有兴味地看着我们这些人类。我们互为镜像，彼此都处在自身世界的边缘，只能共享这小小一部分交界的领地。在帕佩岛上行走的过程中，我确信绕着岛跟踪我的总是同一对海豹，其中一头看我看得那么专心，以至于被一个大浪打得措手不及，我看见它悬浮在透明的水中，胡乱摇摆着身体。

我不是第一个把海豹当朋友的人。“塞尔奇”（Selkie）在奥克尼语里就是指海豹，这个词同时也和海豹变身成人的传说有关。据说月明之夜它们会脱去海豹皮，变成赤裸美丽的人儿在海滩上跳舞。乔治·麦凯·布朗[①]的《在时光瀚海畔》中这样描述：“在沙滩的那边，微光莹莹，男人和女人——陌生人——翩翩起舞！岩间到处散落着海豹皮！”如果海豹皮弄丢或是被偷走，塞尔奇就没法变回海豹了，因此也有男人把海豹皮偷偷藏起来，娶得海豹女为妻的故事，但她终究属于大海。

有人说塞尔奇是孤独的水手捏造出来的，是他们迷恋海豹哀歌的托词。但也有很多人真心相信。十九
世纪九十年代在奥克尼岛东岸的迪尔尼斯发现了一条 199
美人鱼，“目击者多达数百人，他们信誓旦旦地说自己真的看见了”。

我游着泳，穿过了现实世界的界线。我不再是陆

①乔治·麦凯·布朗（George Mackay Brown，1921—1996），苏格兰知名诗人、小说家，生于斯特罗姆内斯，作品多颂扬奥克尼本土的生活及其古老的韵律。

上生物，而成了水体的一部分，它与全世界的所有大洋共为一体，在我的周身奔涌涨落。赤裸裸走到海滩上，我是一只脱下了海豹皮的塞尔奇。

“不论春夏秋冬，抓住一切可能的时机裸泳，你就永远不会死。”我在日记里摘录过这样一句话，不过出处已经找不到了。游泳素来被视为强身健体的有效手段、治愈疾病的良方。在帕佩岛游完泳，我会冲个澡，用舒缓的热水平衡冷水带来的刺激。这是我自己摸索出来的水疗法，类似的方法在酗酒诊疗史上就有，往往被作为强制手段。二十世纪三十年代初，匿名戒酒会创始人比尔·W就接受过戒酒水疗。酗酒的同时患有精神疾病的女演员弗朗西丝·法默曾和其他的女精神病患一起被关进笼子，用热水和冷水交替喷洒。

母亲所属的教会在奥克尼海滩上举行洗礼。两个长老一人挽住一条胳膊携新皈依的信徒步入冰冷的海水，将后者浸入海浪，标志着其作为耶稣追随者获得新生。他们面带微笑，裹在湿透的衣服里哆嗦着回到岸上，走向憧憬的新生活。冷水是一种宣泄，就像你饮下的第一杯酒，让你精神一振，它给予转变和逃避，恰似沉醉，恰似沉溺。我是如此焦渴，充满投身其中的欲望。

有一次在伦敦东区的一个仓库派对通宵后，喝高 200
了的格洛丽亚和我无知无畏地决定，眼下得去汉普斯特德公园的女士池塘[1]游个晨泳。我俩身上脏兮兮的，睡眠不足，认定冷水可以让我们满血复活。我们向北出发，太阳正在升起，地铁刚刚开始运营。在池塘里我们遇到一群老妇人，其中一位告诉我们，她一年到头每天都在户外天然泳池游泳，这是她保持健康和快乐的秘诀。

最近，我发现自己逐渐建立起新的反馈机制。从前面对压力，我的第一反应就是去酒吧、去酒铺，一醉方休。几年前，我有一次曾坚持一个月没有碰酒，最后因为搬家带来的沮丧功亏一篑。现在，有些时候，我所能做的不只是抗拒那种冲动的诱惑，而且还建设性地形成了新的应对方法。早在夏天那会儿，当我在皇家鸟类保护协会的办公室度过沮丧的一天后收工下

① 位于汉普斯特德荒野米尔菲尔德巷的一个天然浴池，是伦敦最好的露天游泳场所之一。

班，有时候第一个念头不是去干一杯啤酒，而是“下海去”。游泳帮助我甩脱紧张，振奋精神，带来改变。业余时间，我试着更新自己的头等爱好，发掘新的生活乐趣。我确信我是可以做到的，但还需要一些时间让情感跟上理智的步伐。我正在坚强起来。

行为背后的驱动机制并没有变，但我采取的感受方式在发生变化。过去我总在周五之夜乐声轰响的夜店里迷乱我的神经，如今我在周六清晨刺骨的大海里激活我的感官。温暖的肌肤投入冰冷的海水，掀过一阵迅疾的激爽，身心俱净。

21

The Holm 霍尔姆

从谷歌地图上看帕佩岛海岸附近无人定居的霍尔 201
姆岛礁，卫星地图呈现出一片系统默认的代表海洋的蔚蓝。它盘踞在互联网尽头，跳出了数字制图师们的五指山：隐藏的赛博怪兽。

英国是欧洲大陆的离岛，奥克尼主岛是英国的离岛，韦斯特雷岛是奥克尼主岛的离岛，帕佩岛是韦斯特雷岛的离岛，而霍尔姆岛还要再往下递推一层。如果连帕佩岛上的生活也变得太喧闹，那么，就去霍尔姆岛吧。

整个奥克尼群岛中遍布着各种“霍尔姆”（发音同homes），这个名称来源于古斯堪的纳维亚语单词hólmr，就是“小岛”的意思，指一个相对较大的岛屿附近的离岸小岛。霍尔姆岛是我们帕佩岛的“小牛犊”，就在东边几百米的地方，隔着浅浅的湛蓝海水，我们每天都能看到它，楔子的形状上头顶着一个石冢。退潮时，两岛之间的礁石露出水面，五千年前霍沃尔遗址上还生活着原始居民，它们之间也许有陆地相连。

202 一个风和日丽的早晨，尼尔打电话告诉我，他们正要送一头公羊上霍尔姆岛，我可以搭他们的顺风船——他是霍兰农场的农户，这座位于帕佩岛正中心的农场从十七世纪到十九世纪一直都是小岛领主的宅邸——我立马飞也似的踩上单车向老码头冲去。

公羊小小个，已经长了角，被人从卡车上推下来赶上一只小船。接下来的几周，它要抓紧完成它的年度任务：让霍尔姆岛上精挑细选的大约二十头母羊在开春时产下羊崽。小船载着我们四个人、一头羊和一条牧羊犬，不到十分钟就靠了岸。今天风浪不大，可以一眼望到海床：水质清澈，平滑无痕。

下了船，我们就成了岛上唯一的人类。我有种类似当初登上科平赛岛的感觉，兴奋交缠着恐惧。这里的鸟和海豹看上去都比别处更大更凶。前面有一只暴雪鹱，我只好远远地绕道走，免得它吐在我身上。岛上藏着隐蔽的峡湾，正对北罗纳德赛岛的方向，只有岛上偶然的来访者和海上的过客才能探见它们的秘密。岸边的草滩上摊着一只死掉的海豹幼崽，一走近，它竟然动了，我这才意识到它压根儿没死，而是在享受冬天难得的日光浴。大约有八十头霍尔姆母羊全年待在霍尔姆岛上，它们的食谱包括海草，尤其是在青草稀缺的严寒季节。羊群的生命力顽强得叫人难以置信，不用额外给它们喂食也能熬过整个冬天。我家也养过类似品种的山地羊，是我的最爱，比矮壮温驯的特克塞尔绵羊和萨福克绵羊都要敏捷独立。这些奇怪的家伙会自学跳高，翻过育羔田的篱笆跑到外野去，有时 203
候它们的宝宝也跟在后面，硬是从铁丝围栏中间挤出来。帕佩岛夏季一年一度的“霍尔姆日”，是奥克尼群岛仅剩不多的保留了集体农业遗风的节日。这一天岛民们聚众登上霍尔姆岛，把羊儿们逮起来剪毛。

没有任何证据表明霍尔姆岛上曾经有人类定居，不过古人把逝者安顿在这里。古墓分三处，规模最大、发掘和保存最好的是南石冢，现在苏格兰文物局辖下。由于交通不便，它是苏格兰文化遗产里参观者最少的。

每天我都从玫瑰小屋看到这座石冢，现在站到了上面，看低垂的太阳把我的影子投在小岛上，反而感觉陌生了起来。我拉开金属活板门，顺着梯子下到墓穴里，接着打开给参观者预留的手电筒，沿长长的墓道往里走，去看那十个小小的墓室。石壁上雕刻的图案看上去像眉毛的形状，和“韦斯特雷女俑”的“眼睛”长得很像。

朋友告诉我，和奥克尼主岛上的梅斯豪古墓葬群（Maes Howe）一样，仲冬的太阳与南石冢等高齐平。冬至日及其前后几天，如果天空在这个时节难得地晴朗无云，夕阳会直射进梅斯豪古墓入口的甬道。那里也装了网络摄像头，某个冬天下午我就在网上看着金色的光打到墓道尽头的墙壁上。

之前我萌生过一个大胆的想法，想让农户尼尔或
204 者渔民道格拉斯在仲冬月载我去霍尔姆岛，然后单独留下住上一宿，看日落和第二天的日出，这样就能验证太阳光是不是真的会平射进来。我以为自己足够勇敢，什么妖魔鬼怪都不能阻挡我在古墓里过夜，可是这会儿才下来待了几分钟，我就想出去了：又冷又湿又黑，怪瘆人的，我可绝对不要在这里住一晚上。

我爬出石冢，步行到霍尔姆岛的东南角。谷歌地图是搜不到这里的，像是逃离了尘世，连互联网也鞭

长莫及。

我总是被吸引到人世之末。我所渴望的，要么是在内陆城市的缝隙里生活，要么就是去岛外之岛、亡灵之地。在哈克尼的一家酒吧，一起打桌球的两位老兄邀请我和格洛丽亚去他们住的地方喝啤酒，就在马路对面。其实那是个流浪汉收容所。几晚之后，我们又跟着一支乐队混进高级酒店，凌晨时分偷偷溜进桑拿房往彼此温热的皮肤上泼冰水，直到把冰箱里的塑料瓶装水都用个底朝天。我要的是绚烂夺目的成功，就算败也要败得美。

有时我也会愤愤不平：命运就是这么不公，像我这样有上进心有运气有机遇还有亲朋好友加持的人，最后竟然沦落到戒瘾所里。但是换个角度来看，这丝毫不出人意料。极端的行为在我看来稀松平常。我从小就是伴着父亲的精神疾病长大的：阵阵来如疾风的狂暴之举，随后是沉默寡言的情绪低谷。依稀记得父亲和母亲在楼梯口你推我搡、大打出手，一个邻居赶来把我领了出去，等到我再次回到家，父亲已经消失，一去就是几个礼拜到几个月。我的出生就如此戏剧化，
我生活在船骸和咆哮的风暴中间，动物们出生然后死 205

亡，宗教愿景笼罩着家庭，一切都濒临混乱的边缘，随时可能有令人兴奋的事情发生，也随时都有可能崩坏。我有点儿觉得两极之间的这种狂野摆荡即便不正常，至少也让人心向往之，我逐渐开始期盼甚至主动追寻这种极端。另外的可能性，那种四平八稳的人生，看上去那么苍白无聊、束手束脚，而我想活得惊天动地、恣意飞扬。

在霍尔姆岛悬崖边，我在原地旋转，地平线上的岛屿围着我连成一卷模糊的全景图。手机信号忽闪忽闪，卫星地图时有时无。我努力拉长我短暂的专注力，继续转圈，就像从前我躺在地上看到的灯塔光轮，就像我出生那天送走父亲的那架直升机的螺旋桨叶片。

不多一会儿，尼尔就准备回帕佩岛了，一天里还有其他活儿等着他干。于是我横穿霍尔姆岛回到船上——放下了羊，小船变轻快了。通过冬日徒步和类似的探索之旅，我对自己的理解逐渐加深，一点点看清自己的行为模式，向渴望的根源回溯。但要找到一条前行的路，我还需要他人施以援手。

第一次和迪伊接触是在网上，她主动发来电子邮

件，说她在戒酒这事儿上是过来人，愿意为我提供帮
助。那时我还不知道我将来会搬到她住的岛上：她和
丈夫莫四年前移居帕佩岛，在接下来的时光里把一座
废弃的农场改造成了一个温暖的家。我从没请过任何
人来充当我的“领路人”[①]，我只对和我理念一致、绝 206
口不提耶稣的人感兴趣。

第一次去匿名戒酒会是在求助于戒瘾中心之前的四五年，在那之前，我花了很长时间在网上阅读人们对匿名戒酒会的评论，其他可选的、允许适度饮酒的戒瘾方法，以及无神论者论坛上的文章。我对匿名戒酒会强制性、宗教化的一面颇为怀疑，想尽可能掌握较为全面的信息，如果可能的话，找到一个不去参加的理由。

匿名戒酒会、匿名戒毒会和戒瘾中心的一个共同的本质矛盾是，我们试图从生活中彻底抹去的东西——我们过去着了魔似的需索和摄入的东西——恰恰是我们必须花上一整天时间来讨论、分析、回忆的东西。很多病友说，这简直就是换了一种方式来过瘾。

---

① 领路人（sponsor）是指匿名戒酒会里在戒酒过程中取得长足进步的成员，他或她会在戒酒过程中帮助、指导其他成员完成“十二步骤”。

陷入焦躁的时候，我会害怕自己永远也无法离开酒瘾的世界，我的一生都会被酒精定义——更确切地说，是被“戒酒”定义。我不想一遍又一遍地向戒酒会的新成员反复介绍我的上瘾经历，酒精让我做了什么荒唐事，我又是怎么把它踢开的。我只想从中解放出来，做其他我想做的事。

还在戒瘾中心那会儿，我不时会心惊，不知道这个项目会把我变成什么样。通过不间断的自我反思和质疑，我震惊地发现自己竟然重复着会让从前的我感
207 到反胃的陈词滥调。是我的道德标准松动了吗？我们听别人“分享”他们在酒精、药物作用下做出的可怕举动和犯下的罪行，还要为他们的“诚实”点赞。

我对匿名戒酒会有许多先入之见：它可能会用某种方式给我洗脑，会剥夺我理智思考的权利；要是让我周六早上跑去参加匿名戒酒会，那我还不如周日早上去教堂做礼拜；匿名戒酒会的那本“大书”事实上等同于他们的《圣经》；它会让我每天张口闭口尽是那套戒瘾圈话术——“怨恨”“编制清单”“复发”“空间”“醒酒鬼”“至高力量”。

但我也听说身边自称无神论者的人在参加匿名戒

酒会，他们看上去个性健全、富有幽默感和批判性思维，是那种认真经营生活的人。匿名戒酒会的一位朋友给我提供了一个看待戒瘾语汇的有益视角——它只是一种组织内部的“世界语”，一种对复杂想法和经验的简化表达，我们因此得以知道彼此想说些什么。

我已经——顺利地——完成了匿名戒酒会“十二步骤法”的前几步，可以连续一整天不喝酒——挨过每一小时、每一分钟——但是无法更进一步，发自内心地接受并满足于这种“无醇”人生。我持续在这种状态中苦苦挣扎，亟须帮助，所以虽然对匿名戒酒会仍持保留意见，但还是情愿去试它一试。

与一位成功戒酒几十年的女性同住在一座小岛上不可谓不是一种机缘，于是我忐忑地请求迪伊在我居留帕佩岛期间带我继续完成“十二步骤”，我们从匿名戒酒会的“大书”着手研究。对于自己应该掌握主导权还是放手，我无法抉择。

* * *

仲冬前后的天空始终微暝，但我还是在理论上的 208

日落时分冒着刺骨的寒风和暴雨，沿海岸步行去霍沃尔遗址。躲在石器时代定居点的遗迹底下，我瞻仰那面屹立了五千年的弧形石墙，它经由一位又一位垒墙者的修复，存留至今。我想象自己就住在这里。和玫瑰小屋一样，它有一个炉灶，一块用来研磨种子做面包的石头。有鲸鱼骨作梁椽，再披上兽皮作屋顶的话，想来会很舒适。

虽然灰色的层云遮蔽了太阳，但我还是觉得我应该在冬至日来这里等待日落，让阳光与梅斯豪古墓甬道平行的那一刻标记并庆祝我又成功坚持戒酒四分之一年。期待有什么事情会在这一刻发生感觉有点傻，但恰恰就在十五点十五分，日落标准时间，越过逆风颤动的潮汐，帕帕海峡对面的韦斯特雷岛上，飞机跑道的着陆灯一下子亮了：晦暗中的八颗明星。

在这座早已没了屋顶的石屋遗址里，我的眼睛追随着航班从韦斯特雷岛升起，两侧机翼各亮一盏白灯，机尾闪着一点红色，在跑道指示灯的指引下又降落在帕佩岛机场。地面指示灯是新近安装的，这意味着飞机通航时间可以延长到冬天深夜了。远方的人们飞来我们的边陲小岛，对着远古遗迹啧啧称奇，而这对我们来说不过是日常生活。我的新石器时代之梦也许被搅碎了，但我目睹了新的神迹：人类发明的现代交通系统。经验丰富的飞行员在最强的风中驾驭着飞机驶向家的明灯，降落在隆冬的夜晚。

22

Personal Geology 私人地质学

209 最近，我一直在努力回想我的最后一杯酒。那是接近两年前的事了，排毒项目开始前的最后一个周末。可以肯定是别人杯底喝剩的。凌晨时分我绝望地逡巡在南伦敦的酒吧里，跌跌撞撞找到了它。然后我钻进一辆出租车，其实根本付不起车费，车子开到住处附近的路口停下等红灯时，我打开车门就跑，躲进贝斯纳绿地旁的住宅区人行道的阴影里，心脏怦怦狂跳。这本不在我那晚的计划之内。从来没有。

“大书”精准地描述了酗酒者身上的恶性循环：酒鬼狂饮一气，然后“他的意识里浮起了某些模糊的片段，让他备感厌憎”，他想把记忆一把推开，他活在恐惧中，如惊弓之鸟，这又导致他灌下更多的酒。

夜晚持有我的秘密。美好的事和糟糕透顶的事同

时发生，我与新朋友相识、和老朋友重遇，这时的我
和清醒的白昼、工作时间的我看上去根本不是一个人。
有时候，我喜欢自己身上危险的成分，但我也知道一 210
旦我开始喝酒来驱散前一晚的不快，游戏就结束了。
孤独且绝望，我迷失在“大书”所说的“自怜自艾的
苦涩泥沼”中不断下沉，心里明白酒精已经击败了我。

在岛上四处走时，很难不去想象这片土地是如何被形塑的。即使是短短一段海岸，也包含了种类各异、趣味横生的地质构造：堆堆叠叠的平行四边形板岩像极了不规则的铺路石，起伏的花纹像是波浪，周边遍布潮池；峭壁上，岩层剖面清晰可见，如纸页一般。不同岛屿上的岩层曾经都是一体的，那时群岛还是一块连绵的大陆，饱受海洋和冰川运动几千年的磨蚀，海蚀石拱、海蚀柱和海蚀岩洞就是无尽侵袭的明证。

奥克尼群岛的主体由凯斯内斯岩构成。那是一种灰色沉积岩，被当地人直呼为“石板”，形成年代可上溯到四亿年前的泥盆纪，凿成扁平的片状后，是用来垒干石墙的好材料。还有些岛是奥克尼砂岩质的，比如霍伊岛和埃代岛，柯克沃尔的圣马格努斯大教堂就

是用这种红色石头建造的。

当海平面高度在最后一个冰川时代[1]之后稳定下
来，奥克尼的群岛也初步有了现在的轮廓，只剩下细
节有待打磨。海洋用了几千年的时间雕刻海岸。相对
211 掩蔽的海岸线，地貌也更加柔和；敞开的西海岸则全
盘承接了横渡大西洋而来的狂澜之力，造就了海蚀柱
和竦峙的断崖，比如霍伊岛的圣约翰角，高踞海平面
以上，达三百六十五米。

帕佩岛是群岛自然史的一个缩影：大西洋一侧（和朝向西面的外野一样）岩层向海倾斜，分布着险峻的峡湾溪谷，而东岸的海湾更为平缓。这让我惶然意识到，每一座岛屿都在逐渐变小，被大海一点一点吃掉。

在奥克尼群岛地质图上，帕佩岛从中间被一分为二，界线穿过玫瑰小屋所在区域，切开北丘。我在帕佩岛的时候专程去找过这条断层线，虽然对它实际会长成什么样子并没有概念。

① 即第四纪大冰期，结束于约一万年前。

我不断问自己，为什么我会成为一名酗酒者。也许我生来如此，完全是生理性的。在匿名戒酒会上，我听别人反复提及这个理论——酗酒者在酒精代谢功能上存在机体异常，我们会产生、积聚过量的丙酮来分解酒精：我们对自己所渴望的东西过敏。这种解释简单粗暴，如今已被大多数医学专家抛弃。

还有一种可能，虽然据我所知到目前为止家族里没有第二个酗酒者，但我可能有易成瘾基因。我可以把它归咎于父亲的精神疾病：我在阅读中了解到，各种类型的焦虑障碍在躁郁症患者的子女身上都更为常见。也有可能是某些事件留下了心理阴影，不利的早年经验会增加一个人酗酒的风险。我可以把它归咎于 212
父母离异，或者青少年时代的心碎事件。但是每当戒瘾顾问坚持要我回顾童年、找寻问题的源头，我都很恼火。尽管我是伴着父亲的躁郁症长大的，但我一路被家人关爱着，既没有遭到虐待也不觉得精神受创。我想，替自己开脱责任、把一切推到已经为我尽己所能的父母身上，这未免也太轻松了。大体上我还是认为，我之所以酗酒，是因为生活习惯脱了轨。经过多年惯性饮酒，我的“刹车系统”早就失灵了，就像潮水日复一日拍击礁岩，水击石穿，已经无法复原。

一天，我上山散步，东南风搅得鸟壁周围海浪汹涌。坐下望着大海，我考虑起父亲的事情。近来我发现他有点难相处。虽然他已经十五年没去看过精神科医生，也有十年没服过抗抑郁药物了，但最近几周他显得有点焦躁，情绪反复无常、容易激动，种种表现让早先见识过他发病的人担心他的躁狂症是不是又要发作了。

父亲最后一次发病入院是在我十几岁的时候，那之前不久他交给我一张空白支票，派我去镇上买东西——如果没记错的话，是一台无绳电话。这原本是美差一桩，但我的快乐因为疾病的阴翳打了折扣，那时的我已经懂得，大手大脚超前消费是躁狂的征兆之一。冲动和危险之间只有一线之隔。天马行空的念头和非理性消费在彻底失灵之前总是一针有效的兴奋剂。

213 而现在，父亲学会了使用脸书。这对与世隔绝的岛民来说本是件好事，但他发的有些内容总让我尴尬不已——跟女人公开调情，对素来内向保守的奥克尼农民们净说些露骨的话。如果得不到别人的积极回应，他还会灰心丧气。皇家医学院将躁狂症的前期症状描述为“感到极端幸福、乐观，精力充沛”，伴有“脱离实际的夸张想法和行为”，往往对“不能共享其乐观情绪的人大发其火”。在这种社交亢奋状态下，他只会觉得其他人都很拘谨。

然而，我能对此感同身受。眼前，一道海浪崩解，化为一团白沫朝我的方向颠簸，我突然意识到我懂父亲的感受，因为那就是酗酒的感受。躁狂的症状和酒醉是相似的：你感到兴高采烈，无比乐观，满脑子翻腾着新点子，判断力下了线，一股冲动推着你鲁莽地往前冲。刚开始可能还挺有意思——积极与人交流，制订各种计划，信心百倍，还爱说些不害臊的话博人一乐。我会把不情愿的家伙拽下舞池，会和夜店门口的保镖纠缠，让他们放我进去，会和男友争辩说我什么错也没有，只是在努力追寻快乐，我要开拓人生的疆野，活得出色。

突然我冒出一个前所未有的念头：或许我酗酒的部分原因是，我也想得到父亲那种我从小就耳濡目染的激情。这重因果关系看似十分简单，但它是成立的，不像别人帮我找的种种解释那样泛泛。我没有心理疾

病，但我在追寻属于我自己的狂喜，它和我在酒精中寻找的东西、和我试图让自己感受世界的方式完全契
214 合。在某种程度上，我沉醉于酒精是为了效仿父亲，甚至让他也刮目相看：我是这样狂放、自由而鲜活——即使，我并没有如愿。

通过酒精，我追求一种人与人之间敞开心扉、息息相通的境界，即越过边界亲密到极致。但我在主观上屏蔽了别人的不满和困扰。对于他们，那些清醒而理智的人来说，这种行为太招人烦。你在旁边会让他们很不自在，不知道下一步你会做出什么荒唐事来。“你们不能永远跳舞跳个不停。”

每一场豪饮都是一场微型的躁郁循环。至乐的巅峰随时会倒向失控的危险，第二天的宿醉对应的是紧随其后无可避免的抑郁周期。经过时间的复原，你回到清醒的世界，去察看造成的伤害、毁掉的人际关系，去道歉，去承诺下不为例，去迷失于自怜，去自我沉溺。

认识到这一点，我嚯地从坐着的石头上站起来：在海与风能的搅动下，我终于突破了思维的天花板，理解了自我行为的逻辑。这一切不是在心理医生的诊

室里发生的，也不是兢兢业业地配合完成戒瘾项目或者与迪伊对话的成果，而是在户外，看着海浪顿悟的。我一直在读关于流体力学的东西，数学模型告诉我，当浪高超过波长的七分之一时，海浪就会解体。它们有多种不同的解体模式——漫溢、跌落、坍塌、涌动。虽然千姿百态，但其中的任何一个在破碎之前都只能保持在那一高度以下。

* * *

当我在滥饮中越来越早地出现肢体僵硬和短促癫 215
痫的时候，就该知道酒精终归是一场劫数。

最开始是手腕紧绷。一个警告。然后是手肘被“冻住”，只能僵直地端起酒杯，像个机器人。不论我感觉如何，我都必须端起它。好不容易才能摁灭一支烟。接着，是说不出话来，无法吞咽，口水垂流。我只能用脚尖跳着走，实打实地去撞墙，好把僵硬的身体拍松，不然坐姿会凝固，我会像只虾一样弓着，硬生生从椅子上倒下来摔到地毯上。我努力把自己拽上沙发。又一次。我确定无疑地知道我被困住了，被这种给我造成伤害的物质紧紧缚住，无力抵抗，成日独自关起门来可耻地喝。

肢体僵硬也会在我身处人群时发生，我得拖着直挺挺的双腿躲进盥洗室，用握紧的拳头把门闩蹭上，上下弹跳直到身体足够放松，再若无其事地重新加入派对，仿佛在身体僵化、失控流涎的状态下继续喝酒没什么不正常。我明白，这是身体的警告，但有很长一段时间，我唯一的目标就是想办法驱散它，以便继续喝下去，然后再次失控……

从那时起，我开始阅读有关酒精性神经病变的资料——酒精滥用和维生素缺乏导致的神经损伤。当时虽然还在喝酒，但我知道酒精已经开始损伤我的大脑。美国作家大卫·福斯特·华莱士[①]也是一名瘾君子，他这样形容上瘾物质所含有的反讽意味：它“表示它自己能够解决它带来的问题”。主动去刺激癫痫发作简直是疯了，但我别无他法。

---

① 大卫·福斯特·华莱士（David Foster Wallace，1962—2008），美国作家，46岁时因抑郁症自缢，代表作有《无尽的玩笑》。

* * *

我在北丘上发现了类似断层线的痕迹：一条不甚 216
清晰的岩石山脊。但是，在诸多意义上，断层线因何而来、始于何处都无关紧要。重要的是，我意识到了自己的症结所在，这一点匿名戒酒会在“十二步骤”的第一步中就清晰地概括了：“无能为力”和“失控”。接下来需要我有意愿（第二步和第三步）去做出改变，去过一种没有酒精的生活（第四步到第十二步）。不沾酒仅仅是一个开端，它只解决身体的问题，此外还必须确保避开我当初喝下第一口酒时便开始存在的渴望。其实身体排毒、复原已经很久了，可是心的瘾还在那里。

“十二步骤”的第二步称，我们“相信有一种高于我们的力量能重塑我们的心智”。在进入这一步前，迪伊曾让我仔细考虑是否相信存在这样一种高于我自己的力量。

半推半就中，我想到岛屿生活中遭遇的那些力量：风与海。我想起冲蚀与腐蚀。在奥克尼主岛，蚀化尚且是个大问题，在小小的帕佩岛上更是如此。风把海沫播向全岛，暴风雨过后你都能从窗玻璃上刮下盐晶。任何金属制品，譬如汽车和自行车，都锈得极快。

我想到动物本能中蕴含的力量，它指引长脚秧鸡迁徙非洲，也指引烂醉如泥的我在深夜直闯前男友家。我想到了“熵”，这个热力学概念意味着宇宙正不可避免地从有序向无序滑落。在海滩上，我找到一些玻璃器皿的碎片，可能是只烟灰缸，经过海水漫长的打磨，已经大半变成了卵石的模样。

217 尽管那个问题会把我推向神性的领域，难以捉摸，令人不爽，但我确定我还是能够接受某种“高于我自己的力量”的存在——它不是上帝，而是那些我熟识已久的东西，那些陪伴我长大的自然力量，强大到足以撞毁航船，镌刻岛屿。

根据“十二步骤法”，为了复原，酗酒者必须做出改变，我们需要经历所谓的“精神体验”，或者叫“巨大的情感转移和重置”。我想到大海改变陆地的方式。沙与石的移易通常是渐进的，但有时也会来得突然而剧烈。经历一夜猛吹的东风和高涨的潮水，早晨的海滩陡然下降了一截，海洋用一个夜晚带走了成吨的沙，它们也许被冲上了附近的海岸，也许被送到了岛外的海床上，形成新的岩层，当千万年以后帕佩岛不复存在时，成为新的岛屿。

经过几个世纪的蚀化，在地质学时间的“不久”以后，海蚀柱会倒下，沉没海中，将它毁灭的正是将它塑造出来的力量。与此同时，新的海蚀拱从临海的峭壁上分离出来，形成新的海蚀柱并步其后尘。岛屿无时无刻不在缩小，崖壁上的蚀刻越发错综复杂。人的一生会积攒越来越多的哀伤，但也因此越发耐人寻味——所有的伤和痛就像海岸的疤痕，持续被时光磨灭。

*　*　*

在冬日清晨的散步途中，在风吹小屋、让人瑟瑟 218
发抖的夜晚，我仍在问自己：我是谁，我怎么落到这个境地，我要往何处去。答案在改变。人格是在行为的反复中形成的，是在习得的行为模式和细微的认可中构建的。父母无意识的言行会影响孩子，使他们成为自己的某种变体。

我把目光放长远，用地质学的时间尺度看问题：做好我每天该做的事，决不犯拖延症，因为那并不明智。我不会再追求即刻的刺激、片刻的满足，要考虑他人的感受和一言一行的后果。

我允许自己做出的转变之一是承认这一点：我确实怀念从前那短暂的陶醉时光，我不能在别人人生的重要场合举起香槟祝酒，不能与异性分享一瓶红酒，不能在下班后来一扎冰啤，这实在是一种遗憾。我允许自己感到失落。但这些失落与保住一份工作、维持一份感情以及保持一颗清醒稳定的大脑相比，简直微不足道。在任何情境下，我都已经学会在脑海中模拟如果我喝了酒将会发生什么：混乱，然后是绝望。

用酒精来解决酒精带来的问题是死循环，是重复的错误，是永远无法抵达目的地的旅途。无论酒精允诺带来怎样的解脱，都不可能真正兑现：它会侧身溜走，就像赫瑟布莱瑟，永远浮在地平线的背后。我将永远喝不够，直到无法再喝。

有人告诉我，欧洲和美洲两块大陆正渐行渐远，因为有地下熔岩从冰岛附近、两大地球板块交接的缝隙处往外冒。地质学也不仅仅是宏观的，在微观的尺

度上我可以看到沙子如何将自己分门别类。在奥克尼
主岛的不同海滩，卵石的大小也不同。有些区域布满 219
了完整的贝壳，有些区域只有贝壳的碎片，其余的只
是小颗细沙。主岛东北部有一个小海湾是铁沙滩，铁
质大多来自一艘船骸。我找到过二十亿年前的雨痕化
石，那时太阳和地球的距离要比现在远——来自时间
深处的纪念物。

北丘的清新空气和自由氛围让人心旷神怡，我琢磨起我的私人地质学。我的身体是一块大陆。夜幕降临，力学开始发挥作用。睡梦中磨牙，是地球板块与板块相撞。当我眨眼，太阳颤动；当我呼吸，云朵被推过天空；当我心跳，海浪同频席卷海滩。每打一个喷嚏，就是雷霆万钧；性高潮抵达，就有一场地震。海岬耸立海平面，是浴缸里支起的四肢。雀斑是远近闻名的地标。泪水流下，河川奔涌。我爱的人是另一块大陆，是石头的大教堂。

23

Triduana 朝圣地

221 我不常去帕佩岛南部。因为没有车，冬天跑一趟商店就够呛。不过今天我第一次去了特雷维尔湖。路越骑越软烂，于是我把单车抛在半路上，步行来到把大海、海湾和湖泊连接在一起的小片沙洲上。这里的生境和北丘裸露的石南原野截然不同——沼泽遍布，门扉和篱笆桩子半泡在水里，俨然水乡泽国。

我惊动了吃草的雁群，它们立马振翅高飞，平行的队列在空中流畅地切换成V字。秋天在奥克尼主岛上，一个周末就能观测到两万一千只繁殖期的灰雁：根据统计数字，现在各个岛上都是名副其实的雁比人多。冬季，加上从北方迁来的冬候鸟，灰雁的数目增长到了约七万六千只，差不多等于冰岛的灰雁种群总数的一半。这些鸟成功地应对了生存挑战，却成了农民眼中的“害鸟”，啃了他们的草场。过去几个月里，有上百只灰雁遭到射杀。

一个穹形海岬向湖心伸出，正如霍兰农场的乔斯 222
琳·伦德尔在她写的帕佩岛指南里形容的，“顶上有一座迷蒙而诱人的废墟”。这个由湖心岛演变而来的小型圆形半岛曾经是一处基督教场所，上面坐落的小教堂遗址，历史可以追溯到公元八世纪左右。和许多重要的古建筑一样，这座教堂也建在更古老的建筑物的地基上，其中一段墙垣和斜坡属于一座铁器时代的远古遗址。一八七九年帕佩岛的领主第一次发掘这座废墟时，沿着湖岸还发现了地下甬道。

我在小丘顶上坐下抽了支烟。在上面你更能理解为什么世世代代都把这里视作超凡出尘之地：就像布罗德盖石圈之于奥克尼主岛，这里就是帕佩岛的心脏，它被一个环形的湖包围，然后是环抱的陆地，接着是浩瀚大洋，望出去视野极佳，你可以清楚地看到霍尔姆岛和其他的远方岛屿。在奥克尼，通常陆地只是水天之间一条薄薄的分界线：填满视野的，不是海就是湖。

航拍照片显示了海岬的同心圆构造，小教堂居于正中。下午渐渐暗下的天空倒映在不同质地的水体上——湖面因风漾起涟漪，海面随着潮涌翻腾。民航小客机正在飞回奥克尼主岛的途中，螺旋桨送来嗡鸣。我被这里的静谧和美好浸透。

圣特雷维尔又称特里杜安娜，是一位“圣处女”
或修女的名字。皮克特[①]国王内克坦爱上了她美丽的眼
睛，对她展开追求。作为回应，特里杜安娜挖出双眼，
串在荆棘上送给他。我读过这个故事的不同版本，有
223 的说国王意图强占她，她这么做是出于自卫，有的将
其解读为一种爱的表白。

圣特雷维尔的故事暧昧不明，模棱两可。也许她本来是一名异教女神，被披上了圣徒的外衣。帕佩岛和她“深度绑定”，据说她死后就葬在这里。甚至有传言称，她生前就独自隐居在湖心教堂里。但更有可能的是，她的遗骨或遗物是在她死去很久之后才送到岛上来的，当然前提是，当真有这么一个历史人物。

苏格兰北部有一系列供奉特里杜安娜的古迹。圣马格努斯大教堂的一扇彩色玻璃窗上就绘有她的形象，

① 皮克特人，公元一至四世纪被布立吞人和罗马人赶到苏格兰东部及北部定居的大不列颠人。

头上有光轮环绕，宁静安详，被她的双眼再也看不见的光明照彻。

十二世纪时，湖心教堂已经成为朝圣地，朝圣者中目盲和有眼疾者居多，他们认为她可以保佑他们复明，因此从奥克尼群岛各处甚至更遥远的地方赶来。古奥克尼史诗中记述了哈拉尔德·马达森伯爵的故事，一二〇一年他遭到酷刑折磨，“舌头被割去，双眼被刀捅瞎”，后来有人把他送到“圣特雷维尔安息之处，他在那里康复如初，不仅能说话，视力也恢复了”。

五百年后的一七〇〇年，朝圣者仍源源不断，长老会牧师约翰·布兰德这样描述这些“迷信的人”：“那些还能走路的，会在触碰湖里的圣水前先绕湖走很多很多圈，认为这会让痊愈臻于完美。而且全程必须缄口不言，他们相信，说话会影响疗效。”据说，信徒们会顺时针绕湖三周，然后掬起湖水濯洗眼睛。 224

我对宗教尤其是母亲加入的教会深恶痛绝，这让我对“十二步骤法”心生抵触，迟迟不愿起步。我绝口不提上帝和信仰，一刻也不愿意去想——这会让我心跳加速，怒火中烧。在匿名戒酒会上，他们说这种

“怨恨”往往是导致酗酒的原因。虽然我不想失去自己沉着理智的头脑，但我确实必须戒酒，所以我知道我必须像戒瘾中心的顾问告诉我的那样，直面这些感受。

曾经我也信仰过宗教。从很小的时候起，弟弟和我就跟随母亲去做礼拜，不是去那种传统的苏格兰教堂，这年头，去那种散布在各个岛屿上的教堂的人越来越少，除非是去参加婚礼和葬礼。相反，我们的礼拜随时随地举行，更像是一种生活方式。

奥克尼基督教团契组织会在学校和社区中心集会，现场不唱赞美诗，取而代之的是歌颂上帝的流行歌曲，用吉他伴奏，人们高举双臂，欢呼着“哈利路亚”。我见识过魅力十足的传教士和戏剧性十足的救赎场面，满耳朵都是“重生”“圣灵”“得救”“见证”一类的词。

我被教导说，“教会”指的是人而不是那些建筑。我被教导说，我们要把耶稣请入我们的内心。我被教导说，地狱和恶魔是真实存在的。十二岁那年的某一
225 个周末，我去上了一堂“情感教育课”，课上说同性恋和自慰都是“错误”的行为。我也曾陷入信仰的狂喜，喃喃口吐神谕。十三岁时我一度无缘无故头疼，医生也说不出个所以然来，母亲就带我去“南边”参加一

个美国来的福音传道者的布道，我看见病痛缠身的信众排成长队，传道者一碰他们的前额，病人就瘫软在地，“安息在圣灵中”。

母亲所在教会的新加入者往往和她一样，也是从别处搬到奥克尼来，正在苦苦挣扎当中。教会领袖们虽然心是好的，但会把自己的宗教观强加在别人身上，搞一言堂。

大概十四岁时，我开始听取别人对我们教会的看法，包括父亲的。我开始受到外部世界的影响。青春期时，我从宗教转向了摇滚乐，读的东西也从《圣经》美国译本变成了诗歌和音乐杂志。我的早年就在农场的自由无拘和教会的戒律森严之间摆荡。

我不再去教会。我不再信仰宗教。我对母亲尖叫着说我永远不会成为她期望中的那种女儿。

* * *

步骤三说，我们要“做出一个决定，把我们的意 226
志和我们的生活托付给我们所认识的上帝”。我十分抗拒放弃自主权，我认为任何人都不可能做到这一点：

人有自我决定的需要。但迪伊让我把这种“托付”理解为只是换个角度思考问题，为了戒除酒瘾，可以把匿名戒酒会的那套“上帝的玩意儿”作为方法。上瘾者必须学会限制他们过剩的自我——正是这种“聪明”让我们搁浅。就眼前的情形来看，我的思维模式似乎让我麻烦缠身，所以有必要尝试换一种。

事实上，这种疗法也没那么神叨叨，和认知行为疗法有一定的相似之处。它会提供相应的建议，帮助你辨别有害的思维定式和惯性并进行纠正，会提醒你凡事后退一步，预先考虑行动的后果。

我内心在经历一场战事。自我似乎一分为二，各自为政：其中一个把我送到了戒瘾中心和匿名戒酒会，她已经连续二十个月零二十二天没有沾过酒了；另一个则做梦都想着喝酒，她无视肉体的所作所为，认为不管怎样自己才是“真身”。我不愿放任自流，斗争还在继续。

我眼睛很好，也没有信仰，但是今天，为了拿出勇于尝试新事物的态度，我效仿朝圣者绕湖走了三周，不过对仪式稍加改动，是逆时针走的。从手机上

的GPS轨迹来看，全程总共三点一英里，花了七十八 227
分钟。我弯下身避开电栅栏，翻过带刺的铁丝网，踩在干石墙顶上摇摇晃晃前进。地面泥泞不堪，草皮凹凸不平，雨靴一脚踩下去水花四溅。半路上下起了雨，海上来的风一吹，雨点都扑在脸上。我想象半盲的病人穿着苏格兰裙，蹒跚行路，默默不语。

我搬到帕佩岛来，无意中追随了绝望的朝圣者的足迹。曾经他们跋山涉水，才抵达这座神圣岛屿。即使早在维京人的时代，此地也非同一般，根据古奥克尼史诗的描述，罗格瓦尔德伯爵的尸体就被送来帕帕韦斯特雷岛下葬。

特里杜安娜是否曾经缓步湖岸？我揣测着她的心理活动。一个美丽的年轻女子，信仰和精神力量如此强烈，以至于那样暴烈地自我伤害。她的浪漫或贞洁之心显现为一种信念的力量，造就了十几个世纪之久的崇拜。

一只白尾鹞俯冲而下，惊飞了湖里的野鸭和涉禽，打破了旅途跋涉的宁静。我揉了揉脑后的伤疤，眼前浮现出自己身上束着弹力绳，在蹦床上后空翻到一半的画面——卡在了两种境地中间：人在帕佩岛上，精神却连接着互联网和伦敦；拒绝“类宗教式疗法”，却想要好起来。

今天移居到小岛来的异乡人和曾经的朝圣者一样，不是来寻找什么，就是在逃避什么。我指望通过这个
228 仪式得到什么？以为来到这里独自勇敢地面对寒冬，就会让我成为一个更好的人，就能复原？我在期待奇迹发生吗？如果我顺时针绕湖朝拜，特里杜安娜会让我的酒瘾荡然无存吗？

运动令我放松，头脑能够和身体同步向前迈进。通过徒步和海泳，我让翻滚的思绪平静下来。海泳在舒缓我无特殊来由的经常性轻度焦虑方面越来越不可或缺。冷水的刺激驱散了所有精神压力——身体突然有了更加紧迫的情况要应对。在这个意义上，海泳就像父亲接受的电击治疗的温和版。

走完全程后，我沿着海岬的外缘转了一圈，然后又仔细地贴着内圈的两道墙走了一遍，确保手机GPS能把它们都记录下来。在笔记本里，我已经遵从“十二步骤法”步骤三的建议写下了自己的“祷文”。匿名戒酒会提供的范例诉诸的是我无法从心底里相信的上帝和神秘力量，所以我只求尽可能让自己问心无愧。我

从海岬上捡了一块小石子攥在手心里，开始大声诵读祷文。对祷告这种事我原本十分抗拒，可一旦真的念出来，却感觉到了信心的注入，音量也就大了起来。一边默想着将我的“意志和生活全盘托付”，一边把石子扔进湖里。我目送涟漪散开，直至消失。

一直以来，我常梦见负着重压在深海行走，或者把掉落的眼睫毛从电脑键盘里往外抠，还在睡梦中磨牙[1]，但此时此刻，我彻底放松了。这座湖心小教堂是一个隐蔽的所在，一座固若金汤的瞭望塔。我想象特里杜安娜的眼睛被枝条串起。我想象最后一只大海雀的眼睛泡在酒精里，如今它保存在哥本哈根动物博物馆，永远地凝视着。

我不再恨母亲和她的教会，还有他们曾经教给我 229
的东西，就像我不会因为古代的朝圣者们苦心寻求治愈而憎恨他们。在某种意义上，我钦佩福音派教徒信念的坚定。毕竟，对宗教假如不是真的相信，那还有什么意义呢?

① 精神紧张、焦虑、压力、愤怒、沮丧，神经系统功能紊乱如癫痫、精神分裂症以及服用精神药物等都可能导致磨牙症。

尽管母亲的教会很极端，但现在，我不打算去剥夺她的信仰了。

湖面恢复了平静，我丢出的石子沉落在水下遗迹和坍塌的甬道中间。我不是八世纪虔敬的凯尔特修女，用纱布围裹住伤眼；我是二十一世纪的异教徒，围巾包在头上，蹬着雨靴、踩着单车。我必须得走了：我的手好冷，而且周五商店只开门营业两小时，再晚就赶不及了。

24

Fair Isle 费尔岛

从帕佩岛望去，费尔岛是视野尽头的幽灵，在地 231
平线上时隐时现。玫瑰小屋的厨房餐桌上方挂了一幅一六五四年出版的奥克尼与设得兰群岛地图复制品，两个群岛的中间位置有一小块只有轮廓、没有细节的东西，标示为“费尔屿”（The Faire Yle）。奥克尼群岛和设得兰群岛跟它地理位置相近，海洋天气预报会合为一处，以“费尔岛海域”之名播报。洗漱完毕准备睡觉前，我会竖起耳朵听电台念出它的名字：“风力：东风或东北风，大风六到八级；海况：大浪，或极大浪；能见度：良好，有时转为不良。”

奥克尼的天空辽远空阔，我可以观察到总在变幻不定的天气是怎么一步步来到近前的。刮北风的时候，云从费尔岛向北丘飘来，要预知短时间内的天气情况，最好的办法是朝窗外望上一眼。不过我也会上网查看好几个天气预报，除了英国广播公司的，还有北部群岛天气网，这个网站由费尔岛的戴夫·惠勒运营，我
232 喜欢把他想象成一个叛逆的气象学家，就在目之所及的那个北边小岛上独立地工作。

在新年前夜的活动上，我获悉帕佩岛的有些居民是苏格兰人先祖欧文家族的后代，他们从费尔岛迁到这里来，帕佩岛北角的欧文湾就是当年他们靠岸的地点。十九世纪初，费尔岛上的生存条件十分恶劣，相形之下连帕佩岛都显得颇具吸引力。这个家族把家当搬上一艘小船往南划来，很有可能并不确切地知道自己会被潮水冲上哪一片海岸。除了能见度高的日子可以偶尔在地平线上一瞥，他们再也望不到自己的故乡了。

费尔岛不断被人提起，以至于去一探究竟的愿望越来越让我无法抗拒。在柯克沃尔的酒吧，所谓“疯狂星期五”那天，也就是圣诞节前的最后一个周五，眼瞅着每个人似乎都在派对上喝成了酒蒙子，我也做出了一个不计后果的决定：一月初就上费尔岛去。我会从柯克沃尔坐通宵渡轮到设得兰群岛的勒威克（费尔岛在行政区划上是设得兰群岛的一部分），然后转乘

飞机。订机票时，我被警告说可能会被困在那儿，滞留比计划要久得多的时间。一年中的这个时节，拜海雾、狂风和猛浪所赐，渡轮和航班时常延误。

圣诞节后的第十三天，我登上岛民航班，从设得兰主岛的廷沃尔机场起飞，成为前往费尔岛的唯一乘客，和我同行的是积攒了一个圣诞假期的邮政包裹。从空中可以看到设得兰绵羊三三两两在悬崖边吃草，西方隐约透出富拉岛的厚重暗影。我们飞越一英里又一英里的海域，接着费尔岛就出现在地平线上，冉冉从海中升起，壮丽非常。从地图上看，它和帕佩岛差不多大，官方数据显示费尔岛占地七点六八平方千米，
帕佩岛为九点一八平方千米，但从高处身临其境地俯 233
瞰——沃德山高达二百一十七米，边缘尽是峭壁与遍布青草碎石的高坡，这让它看起来比帕佩岛更大。

这天的天气反常地和煦，我于是步行去了费尔岛北部的北灯塔。灯塔脚下的羊肠小道经过一段令人晕眩的陡坡，通往一只荒弃的雾角[①]。费尔岛的人口和帕

① 雾角，安装在靠近港口的岸边或灯塔上，在雾天里向过往船只发出警告的号角形装置。

佩岛差不多，大约七十人，都住在岛南的白色小农舍里。房子如今都归苏格兰国家信托基金[①]所有，蜷在安稳隐蔽处以抵御恶劣的气候和逼近的海洋。在帕佩岛上，你能看见周围其他岛屿，但这里除了海，什么都没有，加倍远离人世，更直接地暴露在自然的严酷面前。费尔岛不仅是全英国最遥远的有人常住的岛（虽然富拉岛也是这么自我宣称的），也是全英国风最大的地方，与赫布里底群岛的泰里和科尔岛并驾齐驱。

费尔岛和我去过的任何地方都不一样，但或许霍伊岛的拉克威克村与之相近。与世隔绝的村庄坐落在悬崖包围的海湾里，不管往哪儿看，海岸景观都相当震撼，连绵曲线被高耸绝壁截断，绵羊岩上险不可攀的雪坡赋予岛屿独一无二的轮廓。不可思议的是，直到一九七七年，绵羊岩上都是放羊的，羊被人用绳子逐只逐只高高地悬吊上去，或者吊下来，放到小船上运走。

峭壁上凌空建了一座隐蔽的观鸟屋，我缓步试探

① 苏格兰国家信托基金（National Trust for Scotland），致力于保护苏格兰自然、文化和历史遗产的慈善基金会，成立于一九三一年，其运营独立于政府当局。

着走进去。正值暴雪鹱的繁殖季，崖上往来交通，不亦乐乎。一只大黑背鸥停栖在冰山状的孤岩之巅，活像个海盗王。

费尔岛以观鸟闻名，鸟类学家集结在此，观测海 234
鸟繁殖地的盛况，春秋季节则过来寻找过境的罕见鸟种。费尔岛位于从斯堪的纳维亚半岛途经冰岛、法罗群岛前往欧洲其他国家的迁徙通道上，作为广大海域中的一块小陆地，吸引了众多鸟类，常见的、不常见的都有。岛上的山谷里遍布漏斗状的网兜，都是用来捉鸟做研究的。

攀爬台阶的时候，我一个没站稳扑倒在草丛里。摇摇晃晃直起身，我回头望了一眼石墙那头，一辆小汽车刚好停下，司机下车从后备厢里拖出一头死羊，接着直接把它踢下了悬崖，落入峡湾下方的海水。在这座岛上，哪里都不缺悬崖。

来的路上，我只在昨晚的通宵渡轮上断断续续睡了一会儿，融融如春的天气让我觉得不妨找个隐蔽的山谷打个盹。虽然身上裹着雨衣，但枕着的石面传来阵阵寒意，提醒我现在还是一月。我在船上之所以难以成眠，一方面是因为汹涌的北海倒腾着轮船和我的胃，一方面是因为我在阅读古奥克尼史诗，十世纪的北欧伯爵们渡过的正是这片此刻正摇撼着我的海，它将我置于空间和历史的坐标系中。

在古奥克尼史诗的时代，费尔岛是举足轻重的战略要地。岛上建有烽火台，如果罗格瓦尔德伯爵率船进犯，烽火就会点燃，以警示身居奥克尼的保罗伯爵。然而，罗格瓦尔德伯爵棋高一着，派出一艘诈敌的伪船，“眼见费尔岛的烽火台燃起烽烟，索尔斯坦·罗格努森跟着点燃了北罗纳德赛岛上的烽火，于是一座接
235 一座岛上的烽火台相继点亮。农民们倾巢而出，聚在保罗伯爵麾下，组成一支规模庞大的军队”。

设计了这次误报军情之后，罗格瓦尔德伯爵向费尔岛派出了一名间谍，“尤尼挑了三名设得兰青年与他同去，他们划一艘六桨船，载着食物和渔具向费尔岛进发”。尤尼假扮饱受罗格瓦尔德伯爵凌辱的挪威人，自告奋勇担起看顾费尔岛烽火台的职责。当罗格瓦尔德伯爵的船队来袭，人们才发现尤尼已不见影踪，烽火台上水漫金山，根本无法点火。当晚费尔岛人没法向奥克尼方面发出警报，军队也因此未能集结。

早上六点，船上响起“叮咚”一声，船长通过对

讲机告诉我们勒威克就要到了。我想象群岛山巅的烽火一个接一个点亮，就像今天的灯塔般，飘浮在漆黑的海上。

戴夫·惠勒不仅是费尔岛的气象员，也是机场管理人、农民和户籍登记员，负责记录岛上的生老病死和婚姻聚散。同时，他是一名专业摄影师，还在学校里教授计算机课程（岛上一共六个学生，和帕佩岛一样）。二十世纪七十年代初，戴夫从约克郡老家来到这里，成功说服英国国家气象局在费尔岛上建了一座气象站，以填补天气数据网络中的空白。“你必须给自己找到一个生态位。”他这样解释岛屿生活，并描述了他和妻子简如何把奶牛带到岛上来出售鲜奶，它们在这儿可是稀罕物种。这让我想起我的父母也是在七十年 236
代来到奥克尼，老照片上的他们穿着羊毛套头衫，梳着那个年代的发型。

虽然一些气象检测设备已经实现自动化，但从每天早上六点开始直到夜里，戴夫都会定点向国家气象局发送气象报告。他带我参观了他家农场上的气象站，一块位于绵羊岩下背阴处的小圈地。温度计用来测量空气、草地和地下的温度；一根十米高（国家气象局规定的标准高度）的长杆上安了风力计，用来测量风速；一只水晶球般的美丽仪器是检测光照的。这个玻璃球是聚光引燃的透镜，戴夫解释道，它会把阳光聚焦到一条卡纸上，这一过程持续数个小时，从而可以通过测量烤焦纸带的长度来度量光照。每天夕阳西下后，他就会换上新的纸带。

我浏览了戴夫用网络摄像头拍摄的一组相片，机位、视场和快门速度都是固定的，每个小时拍一张，前后持续了几个月，因此不同季节、不同日子里天气和光线的巨大变化显露无遗。我目睹色调从碧草蓝天变成冬末的黯淡。早晨，阳光来自背面，绵羊岩笼罩在阴影中；到了傍晚，峭壁被照得细节分明。落日将一切——天空、岩壁和山坡——染成粉色。有时是阴云密布，有时是乳白天空①。有时绵羊岩被雾擦去，有

① 乳白天空，白雪皑皑的地区（如极地）的一种自然现象。当地面积雪而天空均匀地充满云层时，阳光射到冰层上，反射至低空云层，而低空云层中无数细小的雪粒又像千万个小镜子将光线散射开来，再反射到地面的冰层上，地面景物和天空因此均处于白茫茫一片之中，看不到地平线，肉眼难以区分远近，使人产生错觉、迷失方向。

时雨点把镜头玻璃打湿。天气格外晴朗的日子，太阳显像为一个黑点，因为太亮了，相片上洗不出来。

* * *

大风意味着次日我无法按计划离岛。正如大家预 237
计的那样，航班取消了。我开始思考主动选择来到一座岛上和被迫困在这里动弹不得的区别。青少年时代我曾经怒气冲冲地大喊：“又不是我想生在这里！”我讨厌不管去哪里都不得不搭父母的车，每次走出家门都是狂风呼啸。

我在南灯塔守护人的膳宿处又待了一晚。灯塔是十九世纪九十年代建造的，一九九八年实现了自动化。雾角位于正前方，一旦吹响，远在四十千米之外都听得见，不过二〇〇五年起已经停用。周围的草坪看上去似乎有园丁精心打理，实际上是海风的鞭打和海盐的侵染让它们没法长高。

我沿着海岸线行走，收听着英国广播公司的驻外通讯，感到自己不过是沧海一粟。有人说马尔科姆角的顶上就是古奥克尼传奇中的烽火台遗址，我决定上去看一看——在这样的大风中，这可以说是一个莽撞的计划。我蜷着身子往上爬，岛民们很可能正在山脚下的屋子里乐不可支地瞧着我。大风让人喘不过气，我筋疲力尽，迎风向下倒去，它就像一张巨大的气垫接住我——全身放空。风声够大，足以让我容身其中。大块的海沫乘着风翻过峭壁扑到脸上。就在我以为风停了的时候，下一阵又猛刮了过来。

除了观鸟人，灯塔的访客中还有许多“岛屿打卡客”，他们的目标是造访尽可能多的苏格兰岛屿。一八六一年的官方统计报告将“岛屿”定义为“任何
238 一块四面环水的陆地，上有植被，足可放牧一至两头羊，或者有人定居”。哈斯韦尔·史密斯的指南书故而傲慢地否定斯凯岛的“岛屿”身份，因为它有一座桥与外界相通。情况类似的还有奥克尼群岛的巴雷岛和南罗纳德赛岛，第二次世界大战中构筑的“丘吉尔屏障”将它们与奥克尼主岛连通以阻挡德军的U型潜艇。除了“岛屿打卡客”，还有“灯塔打卡客”和“玛丽莲打卡客”，后者也许已经将所有的“芒罗”山（苏格兰地区海拔九百一十五米以上的山）尽数挑战完毕，于是把目标转向了“玛丽莲”山（海拔一百五十米以上

的山），费尔岛的沃德山就是其中之一。

人们来费尔岛的另一个原因是认祖归宗。在加拿大和美国，费尔岛人的后裔成千上万，大多姓斯托特或欧文之类。听我说要去费尔岛，好几个奥克尼朋友告诉我，他们的曾祖父母就是打那儿来的。朋友罗格瓦尔德·莱斯利还向我展示了他的曾祖父乔治·莱斯利的照片，令人印象深刻，因为他衣冠楚楚、一表人才，而且长相略带异国风情，有点像蒙古人、因纽特人或者萨米人。也许是巧合，但费尔岛人自然地认为他们与来自遥远北方的顽强民族有亲缘关系。罗格瓦尔德说，乔治当年住在一座名为庞德的庄园里。戴夫告诉我，那是岛上仅存的两幢荒弃住宅之一——大多数房子一旦废弃，砖石转而就会被用作其他建筑的材料——并给我指明了方位。雾中，我在破败的农庄遗迹中探索，现在它被用作饲料贮藏室。二十世纪初贝德福德公爵夫人来这里观鸟时，就下榻于庞德庄园，我激动地与罗格瓦尔德分享了这一发现。

一月，几乎没有外人会来费尔岛，所以还没碰过 239
面，岛民们就都知道有我这么一号人，商店老板娘也知道我晚上住在哪儿。但像我这样语焉不详的单身女性，这个时候来费尔岛是图什么呢？不是观鸟人，也不是来探寻家族历史的。我自己也不明白。仅仅是因为我常年划拉地图、网上冲浪，惦记这座岛很久了，所以现在出现在这里。我的闲暇时间不再由酒精和夜店填充，我没有孩子，没有繁重的家务，所以旅行占据了这个位置：循着地图，向更北的北方出发，直到世界尽头。当你停止与酒精为伴，后来的故事就是这样。这是清醒换来的自由。

当初，我不知道戒酒之后投身于未知的未来，将会发生什么。不知道我将回归故里。不知道我最强烈的愿望会变成听取秧鸡的一声啼鸣。不知道我将投海畅泳，并更加集中精力于写作。不知道我将发现自己身处这个国家最遥远的海岛，在一月之始的大风里独自攀登陡坡，迎向扑面的浪花。但是我必须给自己这样一个机会去发现。

“费尔岛”（Fair Isle）名称的由来颇具争议，它有可能与“航道”（fairway）、“通途”（thoroughfare）同属一个词根，意指往来于奥克尼群岛和设得兰群岛时半路航行经过之处。如果是这样的话，这个名字可

以说是异常有先见之明了：离费尔岛最近的两个地 240
方——奥克尼群岛的北罗纳德赛岛和设得兰群岛的萨姆堡角——都刚好位于地平线后，与它相距约二十四英里。小岛几乎彻底与世隔绝，又并非全然如此。北罗纳德赛岛的灯塔是全英国最高的陆上灯塔，它的光芒在费尔岛上也能看见。另外一种说法是，费尔岛叫这个名字纯粹是因为它的美[1]。

作为无数船难的事发地，费尔岛早先臭名昭著，如今已发展出许多法子来警示船只小心触礁。除了两座灯塔及其雾角，还有一座建于一八八五年的火箭弹发射站作为雾角的补充，在浓雾或下雪天，每间隔十分钟就会发射一波火箭弹，它们蹿升至海拔八百英尺的高度炸开，提醒过路航船留意小岛的存在，但只用了一年就荒废了。在马尔科姆角之巅，毗邻维京人烽火台遗址，还有一座十九世纪的瞭望塔，在拿破仑战争期间用于监视敌舰。沃德山上也留有二战时雷达通信站的旧址和海岸警卫队的几座小屋，后者用于肉眼

① “fair”一词在英语中也有美丽的意思。

搜寻海上遇难人员。

费尔岛的军事防御价值不复往昔，但因为偏远孤孑，它在气象和鸟类观测记录方面至今仍有非比寻常的地位。

费尔岛上的最后一晚，在我入睡一小时后，一颗
小行星以相对较近的距离与地球擦身而过。这颗名为
“阿波菲斯”的99942号小行星一度引起人类的恐慌，
当时推算它有百分之二点九的概率在二〇二九年撞击
地球。但随着天文学家对轨迹模型的研究逐年精进，今
晚它被定位到在八百万英里之外路过。根据高倍数天文
望远镜收集的信息，加州某天文机构发现，游荡在太空
241 中、比“阿波菲斯”撞地风险更高的小行星有十颗之多。

从灯塔里的房间望出去，每隔三十秒就有四条光柱掠过，穿透海雾。是灯塔的仪轨。（在远方海面上，这些光柱显现为闪动的光点。几天后的夜晚九点左右，我在回奥克尼的渡轮甲板上认出了它们。）我回转身，在旋动的光芒下沉入睡眠，梦见了这一连串的预警系统：烽火台、火箭弹、灯塔、卫星、天文望远镜。我梦见了我们试图预见、测度和捕获的危险与神奇，它们冲着这个小岛渡海而来，横跨夜色，穿越太空。

25

Bonfire 燃烧

戒瘾中心的墙上，挂满了病友们的艺术疗愈课作 243
业。在各种彩虹图案和励志口号当中，独独有一条用签字笔画的尾巴着火的小狗，在没完没了的团体治疗课上，我总盯着它看。不知道为什么，它特别触动我。

在我出院前的最后一周，来了一位新病友。这是他第二次入院，本来没什么稀奇的，但我惊喜地发现，他正是这条小狗的创作者。有人喜爱他的作品他也很高兴，便把这幅画作为出院礼物送给了我。现在，这条尾巴着火的狗就和我待在一起，它挂在玫瑰小屋的墙上，提醒我不要忘记那十二个礼拜，这是我最后的机会：我不想从头再经历一遍，不想落入故态复萌的死循环。同时它也在告诉我，如果闻到焦味，那很有可能是我自己火烧尾巴了。

* * *

244 垃圾收集车的到来总能在帕佩岛上掀起一阵兴奋，毕竟平日里攒下的大件垃圾都要趁这时候统一运出岛去，往悬崖下一丢了之的老法子如今行不通了。原来死羊都是那么处置的——在我家农场上，就是扔进内博峡湾，但现在，这么做变成了违法犯罪，父亲于是在田地尽头弄了个金属罐用来临时存放，路过总能闻到一股腐尸的臭味。

焚烧是另一种处理办法，在岛上很是流行，大多数人家的后院都有那么一块烧得黑黢黢的地儿。无风的日子，尤其是礼拜天，团团黑烟从低低的岛屿上腾起。尽管人口稀少，但岛上也分成三个教派——苏格兰教会、福音教派和贵格派——不过这种焚烧仪式关联的是前基督教时代的习俗。

帕佩岛有自己的消防队，由大约五名领薪的本地居民组成，虽然受时间投入和培训成本的限制，人头很难凑齐。在伦敦时，市政举办的烟花秀司空见惯，现场总设有隔离防护栏和穿反光背心的警察，但我总会回忆起农场上每周一次的焚烧，还有装大麦用的黑色塑料袋燃烧的味道。我们的火焰掌握在我们自己的手中。

除了现实所需，帕佩岛的篝火也会在节庆和特殊的日子点燃。从三年前开始，每到二月中旬，岛上就会举办当代艺术节，名为“帕佩岛陀螺之夜”。这项活动由本地岛民与艺术家夫妇伊万诺夫和陈紫共创，后者在五年前迁居这里并生下了他们的女儿。这里能办
起艺术节已经够神奇的了，而且还是在强风劲吹、长 245
夜漫漫的观光淡季。

“陀螺之夜”原是帕佩岛的一项古老习俗，失传于二十世纪初。二月的第一个月圆之夜，小男孩们走出家门，年纪大一点儿的男孩子在背后追赶，“借着月光用绳子抽打他们”。此类节庆有据可考的最后一次发生在一九一四年，而一百年后的今天，我们的艺术节以一种现代诠释复苏了这一传统。

艺术节重点展映实验影像艺术。一些艺术家从外地长途跋涉来到我们岛，同行的还有来自世界各地的游客，人不多但满腔热忱，此外也不乏好奇的奥克尼本地人。整整一周，旅馆住得满满当当，在这个时节

可以说是闻所未闻。岛上的妇女忙着给每个人做饭。

一件有趣的事，是看岛民和来客——从小孩到老人，从农民到行为艺术家——全都挤在冷飕飕的海带商店里，认真尽责地欣赏一部长达一个小时的实验电影，片子里面戴着面具的人物正在进行某种古怪的宗教仪式。和伦敦的美术馆相比，这里的观众可要多元化得多，也专注得多（倒是也有借口小孩子困了偷偷溜走的）。岛上的大家普遍怀有一种开放包容的心态：即使艺术不是每一个人都欣赏得来的，它也能潜移默化地带来好的影响，还能把外人吸引到岛上来。

一位挪威艺术家利用这一周时间创作了一座“动态雕塑”，就在玫瑰小屋附近的废弃农庄里，透过望远镜，我看到他在和大风搏斗，奋力挂起一张帆布。一
246 位来自明尼苏达的人类学家做了一场演讲，投影仪就支在巨大的抹香鲸脊骨上。还有来自香港的“蛙王”[①]，选择在学校里安营扎寨。

---

①“蛙王”，即实验艺术家郭孟浩（1947—　），香港当代艺术历史上的重要人物，早年旅居纽约，作品涵盖水墨、书法、装置、行为表演等多种媒介，青蛙眼镜是他的标志性造型，青蛙是他艺术创作的重要主题。

我想起每月的第一个星期四，伦敦东区一带的画廊都开设夜场，人群穿梭其中，享用艺术的同时也享用免费的酒水。头顶夸张发饰的姑娘和身穿复古夹克的男孩聚在街头喝啤酒。艺术家满怀出人头地的渴望驻扎在这夜色里，展览他们摄影作品里的都会浪漫，对拮据的生活和高昂的场地租金缄口不言。

一个晚上，我意外弄坏了艺术品。那些美轮美奂的金箔装置原本用钢丝吊在艺廊大堂的天花板下，枝形吊灯似的，酒醉的我忍不住好奇，从阳台探出身去揪起一个。保安走上前来拍拍我的肩膀，我立马放了手。只听见“咔嚓”一声，钢丝断了，艺术品轰然坠地，发出可怕的巨响。

“陀螺之夜”艺术节发起了一项以篝火装置为设计主题的建筑赛事：一个“可燃的中心装饰物”，能在艺术节期间搭建完成并最后烧掉。他们收到了来自世界各地的参赛作品。建筑系学生们对着谷歌地图琢磨帕佩岛地形，钻研篝火堆的最佳选址。一个以毁灭为目的存在的结构体。一种可控的混乱。艺术节的第一天晚上，我们参加了一场火把游行，从山脚下的商店一路走到老码头，然后把各自手里燃烧的木头火把合置一处，聚火成堆。

247 来到这个完全没有光污染的岛上，我才记起夜可以有多黑。冬至来临，下午三点半我就合上了窗帘。在逝去的时代，整个奥克尼群岛的各个山头一年四次被橙红的火光照亮，人们搭起并点燃巨大的篝火堆，庆祝古已有之的圣诞节、五朔节、圣约翰节和万圣节。17世纪时，牲畜、马匹、病人或残疾人会被领到篝火边顺时针绕圈，因为这篝火被认为具有净化和新生的力量。过去人们投石南和泥煤助燃，如今更有可能的是打包用的草垫或者旧篱笆桩子。火光映亮冬夜，给人以振奋和希望。

冬季的满月之夜和新月之夜——自然也包括“陀螺之夜”——也是去海滩上寻鲜的好时机。退潮时用不着坐船，徒手就能捕获纤长的“海指甲”，当地人就是这么称呼竹蛏的。

新月升起那天，蒂姆带我去了退潮后露出的最好的一片“竹蛏滩头”。我们背转身倒着走，这样，竖着身子藏在沙滩浅层的竹蛏被我们低沉洪亮的脚步惊扰后就会往底下钻，在沙子表面留下一个个水泡，暴露它们的庇护所。倒着走能把这些指甲瓣似的泡泡尽收眼底，然后就能用小泥铲使劲挖了，最后再用戴橡胶手套的手把它们揪出来。我能感觉到竹蛏在往下溜，企图从我的指间逃走。这是一场女人和蛏子的大战，不过还是我胜出，成功把它们收入囊中。晚上我用一些蒜把它们炒了做意面，小小的简餐，却是很久以来 248
最让我满足的一餐，不但免费，且其乐无穷。

我戒酒足足二十三个月了。一天不多，一天不少。在戒瘾中心，每周课上都要向病友复述自己的戒酒时长，所以我至今记得二月二十一日是萨义德的“净身日”。除我以外，他是硕果仅存的几名完成项目且没再复发的学员之一，但我们已经有一年多没联系，几个月前我给他发过消息，没有回音。我又发了一条。凶多吉少。

我给关系不错的另一位病友也发了消息，那是个风趣而脆弱的女孩，有着镶满了水钻的美甲和包括酗酒在内的许多困扰，得过厌食症，遇到过家暴男，因为承认有天晚上心情极度低落而服用了男友的处方止痛药，被踢出了戒瘾项目。游戏规则是“0容忍”。后来我在匿名戒酒会撞见过她，她又开始酗酒，总是戒掉几周然后故态复萌，周而复始。她回短信说自己因为破坏治安被逮捕，眼下正关在精神病房里。

我也总想起戒瘾项目里中途加入的一个女人。之前她带着小男婴在另一家康复所接受住院治疗，转来我们项目时已经戒断海洛因九个月。她会十分开诚布公地表达自己的感受："我没法接纳现在的自己。""我还是想嗑药。"她不会只说他们爱听的话，她会不带羞
249 惭地谈论她的"金主爸爸"，说我们这群人太无聊，戒瘾课程太烦人、太费劲。

当时她得从小旅馆搬到公立的"中途之家"去住，我于是主动提出帮她搬行李。不出所料，她没有在预先商定的时间和地点现身，电话无人接听。接下去的一周同样不见踪影，几乎可以肯定她又走上老路，出卖身体，吸食海洛因，那个婴儿想必也已经被福利部门带走了。

我想起这些迷失的人，他们在岔路上走得太远，以至于世界上的任何援助都无法引导他们回归正轨，伪装成正常人只会徒增懊丧。我总是想起她，因为虽然戒断后我比她适应许多，但我对她感同身受：有如

身陷囹圄，欲求不满。而且我知道即使放飞了自我，现在的她也不会快乐。

当我想起他们，我的朋友们，想起他们的人生如何复坠成瘾的渊薮，就又更加确信了一点：我不能也绝对不会回头。

是夜清澈无风，明亮的星辰底下，煤油的气味在空气里萦回。我们在“蛙王”的导引下下山往篝火走去，有那么一瞬间，我想，如果有酒，此情此景一定加倍美妙。在节庆场合滴酒不沾仍然让我感觉十分古怪。

但有人把一个便携式的金属小酒壶递过来时，我 250
还是微笑着摇摇头。威士忌的主人不明白我别无选择，对于我们这些酗酒成狂以致落到戒瘾中心的人来说，现实就是，如果不杜绝酒精，结局就是精神错乱、锒铛入狱甚或一命归西，速度快得惊人。所以我必须找到新的乐趣和另外的庆祝方式。

穿过烟火，我又看到隔壁农场的那位挪威艺术家，他也对我笑了笑。一天前我们在海滩遇见，他背一个塑料袋，里面装了六种不同种类的海藻。我们年龄相仿，身高相近，都留着浅金色长发。他有点像男版的我——一个被海浪暂时冲上岛的流浪艺术家。

在某些方面，我的想法一如既往。我渴望交流、渴望交心，因为真正的人生只关乎当下。我仍然想要与人亲密无间，而现在必须设法在没有酒精怂恿的情形下跨出这一步。必须鼓起勇气。我不确定自己如果不喝酒，脸皮够不够厚，有没有搭讪调情的能耐。假如真能应对自如，我恐怕会停不下来。过去的几个月，受伤的自信心和焦灼感让我备受压抑，但情感的事总要慢慢来，我一点一点学习清醒着说出人们酒后才会吐露的真言。

我曾在酒醉中期待激动人心的际遇，但又懒于主动创造契机、缺乏想象力，指望喝到烂醉一切自然会水到渠成。每次认识新朋友，散场后我总跟随他们回到住处，一边热聊最爱的作家，一边试穿他们的衣服，
251 待到酒醒，更多时候发现自己仍旧孤单一人，外套不知所终，只好在凌晨三点的夜色里瑟瑟发抖地寻觅回家的巴士。

篝火晚会后，有人可以顺路捎我回家，可我谢绝了：我正在和雕塑家聊天。他轻触我的手臂。昴星团

明亮可鉴，我提议去星空下的海滩散步。路过北湾时，我说起塞尔奇的传说：它们是溺亡者的幽灵，受命运宣判，永世在海中沉浮。

回到玫瑰小屋，生起火，我们围炉对坐，继续谈论海藻、家人和艺术。我默默脱掉鞋子，把脚尖搁在他的椅缘上。他注视着我，说话间用手覆住我的脚踝。身体汲取这小小的接触，如释重负，欢欣鼓舞。数月的孤寂就这样被抚平。我突然意识到，从这一刻起，不仅是今晚，肌肤之亲对我而言在未来也将成为可能，哪怕明早他就要起程回斯堪的纳维亚。生活敞开了自己，向远方铺展，那里闪耀着无数的可能。他抚摸了我的另一只脚踝，对话开始变得迷离破碎。

我希望自己勇敢奔放、无所畏惧，就像远古祭典上祝祷四季交替的人们。我寻求新的魔法，在这无论去往哪个方向总有寒风正面迎击的深冬里振作起来。我要把岛上的时光饮尽，因为知道过去后一定会怀念。我已经浪费了太多时间。

听说一九五二年时，奥克尼主岛上有一座山整个
着了火，火焰随风滚动，把夜空照得通明。每年的这 252
个时候，灵异生物闯入凡间，混迹人群，祖先们也起

死回生，而我们捡拾贝类，用篝火驱逐黑夜。每年的这个时候，人与人聚在一起，照亮彼此的灵魂，把过去付之一炬。

26

Undersea 海面之下

有些事我一直记得。小时候农场上的公猫跑到外 253
野去追兔子，迷了路，几个月后大摇大摆回到家来，把我们都吓了一跳：体型成了原来的两倍大，脸上疤痕累累，半边胡须都没了。我也记得父亲光着脚从斯特罗姆内斯走回家，足足七英里，一路上把随身家当抛了个精光，像一只乌鸦横穿田野、翻越树篱。大清早，当他一边咒骂一头黑色公牛一边跨进家门时，我们都还没有起床。

每当医生问起，我都会回答说没有心脏病、癌症、糖尿病家族史。但精神疾病则是另一回事。问题不止出在一边：外公也有躁郁症，而且我最近才得知，父亲那边有位曾祖母辈的亲戚是自杀的。曾经我也假想过，如果没有酒精纾解情绪，也许我也会在自己身上发现双相的症状，喝酒是我给自己开的处方。如果哪天我精神出了问题，那当真不在意料之外。

254 离开奥克尼之前，我从没觉得自己的童年有什么异乎寻常之处。十几岁时我们去海岸上拾海螺，论斤按桶卖给本地一个贝类贩子，他把它们运到西班牙去，或者转手卖给渔场用于净化水质。主岛中心有一座泥炭丘，每个农场都在上面分到一块地，记忆中，每到夏天我们就去那里采集冬天用的煤。母亲和父亲将方形铲插进地里，把上千年的泥炭分割、压实成砖形，我就在旁边趴着，眼睛盯着地面，羊胡子草丛生，小昆虫在划水。

有一次汤姆和我发现紧邻农场的峡湾里有一大群水母被海浪拍到岸上，数量多到几乎盖满了石滩。我们踮着脚从中间穿过，心里替它们感到难过。于是我们一只一只把这些凝胶状生物捡起来揣在臂弯里，送到岸边放归大海，有些已经支离破碎。那是一种名叫“海月”的水母，不蜇人，但会分泌微毒物质，让我们的臂膀和双手红肿刺痛，但我们毫不在意：两个以“救死扶伤”为己任的小孩，怀里晃动着一堆粉色透明物，在光滑的卵石上跑东跑西。

水母的大规模搁浅往往发生在洋流与大型水母群交会时，尤其是在春天。因为水母本身只能做单一的向上运动，所以在水平方向上只能随波逐流。英国海岸周边的水母和水螅水母都有颇为诗意的名字：蓝火、罗盘、捕风水手、海月、狮鬃、紫刺、葡萄牙战舰。海月水母（Aurelia aurita）通体透明，微微泛粉，中心有多个蓝色环状结构，那是它们的生殖腺。乍看之下水母就像一种不存在的生物的幽灵、一个个浅浅的 255
轮廓，随洋流漂向深海，渺远无形。

我盯着那些海底照片，惊叹不已。奇异而美丽的海洋生物身披明艳的色彩，看似来自热带，事实上却是在奥克尼的近岸水域拍到的。当地的潜水者发现并拍摄了许多不同种类的鱼、贝、海葵、水母。他们还看到了海胆、海绵、海星和海蛞蝓。

我在皇家鸟类保护协会认识的朋友安妮从主岛赶来帕佩岛，专门教我浮潜。在北湾的一片多岩海域，我们穿戴好潜水服、橡胶靴、手套、泳帽、脚蹼和面罩，滑进水里，活像笨头笨脑的海豹。

人生第一次浮潜带来多重耳目一新的体验：首先

是在潜水服的包裹下入水、用通气管呼吸；其次，也是印象最深刻的，是在离海床不远的地方近距离观察水下世界，你能够看到平日里被海洋掩藏起来的东西。尽管这天风大浪高，并非理想的潜水条件，但小试牛刀也足以一窥安妮热情洋溢地描述的那个“全然不同的世界”了。

安妮给我留了一套潜水装备，下个满月之日后的
退潮时间，我独自带着它们出了门。一路心情忐忑，
担心被海冻僵或是被浪卷走，所以最后在一处叫作
256 “威利的感恩”的海湾里选了一个岩石环绕的避风角
落，差不多是个环礁湖。我爬进浅浅的潭子，把脸探
到水下，几分钟后发现自己可以利用通气管呼吸自如，
穿着潜水服一点也不冷，于是开始放松享受。

用不着不停地划水，脸朝下浮着，像具尸体似的随潮水漂来荡去，就能观察到身边的景致。我忘了自己还漂在水面，简直就像沉到了纵深处的海床底部。我伸手扒拉岩石，分开海藻，寻找沉没的宝箱。看到我接近，寄居蟹慌忙缩进螺壳。我看见红艳艳的海葵和环节蠕虫的虫卵——绿莹莹的小球外裹着果冻般的胶质，借由水草的茎秆和岩石绑定。我还发现一块生

锈的船骸，或许是当年“贝拉维斯塔”号的锅炉部件。

通常只在退潮时才能看到脱水的海藻，被浪冲上岸的水母也很快就会死去，但在水下，它们容光焕发。稍稍再往下潜一点，我被巨藻包围了，流动的绿色、棕色和红色藻叶挺身摇曳——就像误入了蓊郁森林。

我在探索的是一个极其陌生的世界，不亚于外太空。它让我联想到第一次走进城市铁路桥下的幽暗夜店，遇见装扮华丽的哥特族和身上穿环打钉的金属爱好者。处在那些遍体文身的奇异人物当中，就像一步跨进了电影场景和音乐录影带，曾让我兴奋不已。而在水下，你就像穿到了放大镜背后的世界。

我把头探出水面一看，胃里猛地一缩——不知不觉漂到了不知何处，也不知道已经过了多久，在水下，
时间、距离、方位感会消失。光在水中的折射让物体 257
看上去更大且更近。声音的传播速度加快。感官的扭曲打乱了身体的协调，我试着拾取一枚贝壳，却发现手只是在海水里笨拙地拨动。

很快，水下世界就成了我的现实空间。舞动的水草映现在水面底部，构成全新的天宇。掀开潜水面罩，看到阴天愁云惨淡，我就迫不及待地想要回潜——那

个世界更明亮也更宽广。即使上岸后，我也不会直接脱掉潜水服，它让我可以一往无前地穿过荨麻地、蹚过湖泊。回到家里，我才像塞尔奇似的蜕下“外皮”。

安妮不断在社交网络上晒出新照片：海胆、杜父鱼、圆鳍鱼、七角海星。她还想看章鱼，甚至海马，那可是在奥克尼群岛已经一百五十多年没有露过脸的物种。她常去斯卡帕湾潜水，说有时身边形形色色的海洋生物多到感觉像掉进了鱼缸。我也想学更多，看更多。在纵深上，海洋比陆地更为繁复，即使是小小的一块水域在垂直面上也可以展开分成多个层次。打开进入这个世界的大门之后，奥克尼群岛看上去比原来大了好几倍。“我们奥克尼的森林在海里。”北极熊俱乐部的伙伴萨姆如是说。

世界上已知的海洋生物大约有一百万种，另有成千上万有待发现。假如有一只稀罕的鸟光临奥克尼，大家闻讯都会跑去围观，相比之下，海底还有那么多人们根本闻所未闻的物种。好在有关海洋保护区的政
258 策始终兼顾海洋生命的探索发现活动，最近就有一项调查研究在奥克尼主岛东部海域发现了一种令人费解的“无脸、无脑组织的鱼状生物”。

一年中的大多数日子里，帕佩岛渔民道格拉斯都会驾着他的“黎明丰收”号出海，在近岸的海床上收放虾笼，捕捉龙虾和螃蟹，然后卖给韦斯特雷岛的海鲜加工厂。过去曾经有三艘捕虾船在帕佩岛海域作业，在更早的时代，农民们几乎家家户户都有自己的小船，打来的鱼留一部分家里吃，剩下的卖掉以增加微薄的收入。

在海上航行时，道格拉斯不仅见过小须鲸、露脊鲸和虎鲸，也遇到过翻车鲀，这种庞大的鱼类体形圆润，好似拖拉机滚轮，背鳍露在水面上。他告诉我，有一回韦斯特雷岛的渔民钓起一只被渔线缠住的热带龟，他还说曾看到鲣鸟戴着塑料“项链”飞行——它们会径直往饮料包装上的孔洞里扎。有一次收笼时他发现里面有一只海鸽，它潜到了海底五十五米深处的虾笼里。

安妮还没在浮潜中见过章鱼，但道格拉斯确定奥克尼海域是有章鱼的。它们在捕猎时钻进虾笼，将毒素注入螃蟹的身体，让硬壳里的肉软化。章鱼足够机智，总能赶在道格拉斯之前享用他的渔获，然后钻出虾笼溜之大吉，留给他的只剩下空壳。

*　*　*

259 上个夏天，我在奥克尼主岛的唯一一片树林里搜寻蝙蝠，用一种特殊的探测装置把它们发出的超声波转化成人耳可以接收的声音。世界比我想象的更多维：有我们听不见的波段，也有我们无法自由呼吸的栖居地。进入其中是充满惊奇的体验，尽管只能短暂停留。

我读过的文章说，人类不只拥有视、听、触、嗅、味五种感官，比如皮肤里的热感受器能让我们不经碰触就知道一样东西是不是热的，比如我们能直接对上下颠倒的状态有所感知。

当初来帕佩岛时，我以为光靠在这里居住和行走就可以熟识岛上的角角落落和每一位居民。是这个念头吸引了我。小岛比城市单纯得多，我以为我可以理解它的一切。然而，“海岸线悖论”让我意识到，这就像精确测量海岸线的长度一样，是不可能的。采用的测量单位越小，测得的海岸线就越长：从几百英里缩小到以毫米为尺度，海岸将无限分形，拆解成更小的海湾、岩隙、海岬和起伏的地势。这使得奥克尼海岸线的前后估算结果大相径庭，也解释了为什么我在帕佩岛上待得越久，有待发现的事物就越多，让人既兴奋，又气馁。

匿名戒酒会里戒龄更长的成员说，新生活中那些美好的东西都是他们未曾预想到的，这种感觉很难向新人说清。他们说，你以为自己想要的，很可能实际上并不是你真正想要的。

我从来没有预见到自己会成为那种我原本拒绝成
为的阳光健康的“户外族”。但我所遭遇的这些激动人 260
心的闪亮瞬间不断将我拽向它：某天下午，一只银色的雄性白尾鹞与我的车比肩飞行了几秒；鼠海豚们把我们的小船围在中央，从水下露出小脑袋；在屋檐下闷了一整个冬天的牛群冲进草场，连蹦带跳地四散开来，兴奋得尾巴都直了，一根根直指天空。

我在自由落体，下坠中抓住了这些吉光片羽。也许这就是人生。我戒了瘾，我不信神，我恋爱无着，于是现在，我在周围的世界找到了幸福和出口。

浮潜是一种全新的体验。我进入一个陌生的生态系统，思维和感官被激活，甩脱了旧日的悲伤循环。出水后，我总是兴高采烈、神清气爽，等不及告诉别人这个距离我们的日常生活如此之近却极少被看到的奇异世界，以及那些藏在码头底下和海边停车场边的秘密生命。

我没有遭遇精神问题。这些年，父亲没有借助药物也控制住了病情，已经很久没有严重复发。他为自己找到了一种与疾病相处的模式，足以辨出前兆，把握精神之海底下的变化和流向。

戒酒后，有时我发现自己会惊奇于正常人的生活，内心充满喜悦。现实也可能美好得如同幻景。被橡胶衣围裹着俯躺在浅水里，通过一根管子来呼吸，我感觉我似乎打开了房屋里从来没注意到的一扇门。生活可以比我所知道的更广大也更丰盛。

27

Strandings 滞留

一九五二年，奥克尼遭遇了罕见的强风，鸡舍被 261
卷走，折损了七万只鸡，群岛的养禽业被一举摧毁。关于这场风暴的一则报道称，“拴了绳的母牛像风筝似的在天上飞”。

一年中风最大的日子，小学低年级的小孩不准在游戏时间去屋外玩。去年十二月初的大风后，父亲的饲牛槽——一个直径六英尺的环形钢架——有半个最后是在五块地开外找回来的，翻到了篱笆和石墙外头。我平时喜欢躲在后面避风的旧冰柜被吹到田地另一头，差点撞上父亲住的拖车。柯克沃尔镇上，乐购超市放置购物推车的屋棚的顶都被吹折了。

多亏了墨西哥湾暖流，奥克尼的气候算是相当温和，和同纬度的其他地方比起来，温度也要高一些。但强风

是这里最突出的气象特征，其持久的酷烈对于新来者而
262 言最难对付。农民们与风为敌，往往败北而终。有一次父亲播种了一块新草场，但提前到来的大风把它全掀了。

大风加上空气含盐量高是奥克尼几乎不长树的主要原因。农场上一棵树也没有。没有人会费心思安置轻型野鸟喂食器或是蔬菜大棚，这种弱不禁风的玩意儿一刮就没。很少有人打伞。今年帕佩岛的圣诞树是用水泥固定的，这才坚持到最后方倒下。

我在风里长大，我爱这大风：它让我兴奋，就像草场上的小牛犊爱在风里撒欢。它给我能量，就像一把火。记忆里，大风总会吹断电路，电灯和电视屏幕忽闪，人们点亮手电筒和蜡烛，学校关门停课。帕佩岛上刮东风时，海浪和浮沫高高翻过鸟壁，我出门只走几步路就回来了，耳朵吹得发疼，什么欲望都偃旗息鼓。一条小溪被吹得倒流，水雾腾起，泛着光。玫瑰小屋顶上的风向标原地打转，完全失灵了。

最开始蒲福风级[1]并不以“英里/每小时”为衡量

① 蒲福风级（Beaufort scale），由英格兰海军上将弗朗西斯·蒲福爵士发明的风力等级划分系统，将风力分为零到十二级。

尺度，而是以风对帆的作用为标准，从“正好够提供行船动力”一直到“任何帆布的帆都无法承受”。这个冬天我充分体验了一把蒲福风级，在北部群岛的阵风和狂风里冒险。在帕佩岛和外野上，我们完全袒露在大西洋面前，极其贴近低气压的移动路径。风在这里不仅仅是气压变化带来的空气运动，也是一种生活方式。

今晚的东风警报上升到了暴风级。我查看气象监
测网站——英国国家气象局和戴夫·惠勒的网站—— 263
激动地发现风力急速爬升，标红区域朝奥克尼逼近。从柯克沃尔到帕佩岛的渡轮取消了，但下午的航班还没停。我看着它着陆，接近风区的时候，机身微微晃动。

即使待在屋里的炉火边，也能感觉到气压降低，风声变大。忽然之间，风包围了玫瑰小屋，嚎叫着，打着呼哨，调子高高低低，像一支管弦乐队在调音。我出门赶在三十秒内把喂鸟器收了，回到屋里一脸海沫，咸咸的。

奥克尼人通常只会轻描淡写地说“今天有点风”，

但今晚网上每个人都在说“风大得离谱”。他们用板条加固鸡舍，预测说镇上滚轮垃圾箱和蹦床会满天飞。我和父亲通了个电话，他回到了农场上的拖车里，打算今晚睡在那儿，“免得屋顶吹塌了掉下来”。

五点钟时风力达到顶峰，拖车的窗玻璃被吹破，卷起一阵旋风，把农场经营文书都扬了起来。那些自打我们生活在农舍时就跟随父亲的旧物——照片和家具——震落在地上。房间里的一场风暴。父亲打开门，减小风的压力，并设法拖来一张胶合板把窗户挡上，暂时缓解了问题。

两天后的早晨，风暴平息，一种夹杂着好奇的恐
264 惧笼罩了帕佩岛。大风做了什么？我没有被吹走，但家门口的一箱浮木不见了。在马路对面的田野里，我找回了湿垃圾回收桶的盖子。

我沿东海岸散步，看看有没有什么宝贝被冲上岸。东风和高潮位的强强联合很少见。大风、气压、潮位、洋流和雨水等诸多变量合流，对海岸造成了巨大破坏。

几座沙丘被吹散，海浪直接扑上路面。虽然潮水已经退去，但石头、海藻和其他各种碎物散乱地遗落

在小径上。在北湾，两天前空无一物的地方出现了一个巨大的海藻堆。从前由沙丘下到海滩的一处缓坡现在只有一级较高的台阶那么大。成吨的沙子被风挪走，暴露出底下的岩石。

在对面的北罗纳德赛岛上有一堵远近闻名的干石墙，是用来把本地的羊圈在海岸上吃海藻的，这次风暴中有长达两千多米的墙体被冲溃，是七十五年来最严重的一次损毁。沙平赛岛上则出现了一大群令人称奇的鱼——蝌蚪鱼、矶鳕、小鳕鱼、绿青鳕、红纹隆头鱼和贝氏隆头鱼，都被冲到泊船处，搁浅在退潮的岸上。

继续向前走，旧海带商店门口的水泥墩子旁依偎着一只海豹幼崽。我停下脚步。我们对视了几秒，一直到它大叫起来。附近的海里有几头成年海豹，但愿它们能招呼这个小家伙。

我打电话咨询本岛的野生动物专家蒂姆。很可能小海豹是从附近的无人岛法雷岛上被浪打过来的，那里是灰海豹繁殖地。它和妈妈走散了，这有可能是它第一次尝到游泳的滋味。它还披着出生时的白色绒毛，小尖牙倒是长起来了，这意味着它或许能够在大海里自己照顾自己。

265 第二天早上，小海豹还在那儿，不过蒂姆用一个麻袋把它拖回了海里。它劲儿劲儿地游走了，到大自然里去碰运气。

几年前，我醉后和某人发生了一场不必要的争执。她回敬我“已经玩儿完了”[①]，这句话刺痛了我，因为就我当时的境况而言，可以说是一针见血。我没有工作，蜷在伦敦东区的小房间里无人问津，一个人为失恋喝闷酒。一度饱含希望的未来是我来到伦敦的动力，如今只余苦涩和沮丧。选择越来越少，我不知道该往哪里去，绝望地在性和回忆中寻求慰藉。人生变得难以驾驭。

第一次回奥克尼时，感觉就像水母搁浅，摊在礁石上任人围观。我已经玩完了：精疲力竭、支离破碎，再不能轻盈而快活。

我想起我丢失的东西：指南针、被偷的笔记本电

① 原文为“washed-up”，字面意思是被水冲上岸，也意指人不再成功、受到欢迎或被人需要。

脑、两只鞋——一只丢在运河里，一只丢在行驶的汽车外——还有前男友。但我也想起我从海边找到的东西：渔船、海豹和“龙涎香”。它们都备受自然之力摧残，被冲上岸，却并不是没用的废物。它们都有自己的历险故事要讲。

我在帕佩岛时，一个周日早晨，一只极不寻常的动物被冲上了北罗纳德赛岛：海象。这种名叫北大西洋海象的巨大海兽更应该出现在格陵兰和挪威北部，
上一次在奥克尼被目击还是在一九八六年。岛上每个 266
人都跑去看它，野生动物发烧友和摄影师赶忙预订最近的一班航班飞抵，只见这个庞然大物长着长长的獠牙，配合地在海滩上摆造型。到日暮时，它已经拖着身子回到海里向北游去。几天后，有着显眼斑纹的同一只动物被人看到在挪威海岸线上露面。

在海滩上寻宝时，我习惯把注意力放在卵石、岩池和沙堆里任何与周遭看上去稍有不同的什物上，最后往往发现是一块塑料——一个饮料瓶、一只人字拖、一个一九九三年产的薯片袋子，或鱼货箱的残片。这些零碎的垃圾数量庞大、难以降解，对鸟类和海洋生物是严重威胁。但什么是“垃圾”取决于主观判断，

比如安妮就会用被海水磨去棱角的玻璃做饰品，我则捡拾漂浮木来烧。

今天，缠在水草里的什么东西吸引了我的目光。我拿起它，一个没有头、没有手、没有脚的小瓷人，小得正好装进火柴盒：好一个瘆人的发现。我在岩池里给它洗了个澡，它赤裸的身子是白色的，有鼓鼓的肚子和屁股。

一八六八年的一次风暴中，一艘名为“莱辛”号的船在从德国不来梅港去往美国纽约的途中撞上费尔岛科拉弗斯峡湾的礁岩。船上全部四百六十五名乘客——都是怀揣希望驶往美利坚开启新生活的移民——以及船员都在岛民的帮助下安全地转移上岸，但船被大海撕碎，包括瓷玩偶在内的货物也散在海里。设得兰博物馆藏有从该船骸中打捞出来的瓷人，和我捡到的这个很像，很难不把它们想到一块儿去。

小瓷人现在和“韦斯特雷娘子”一起待在我的口袋里，我乐于想象它从那场船难中来。年复一年，它
267 也许被埋没在海床里，但流逝的时光、狂暴的大海、东来的强风和高涨的潮水完美交汇，在这个冬天把它带到帕佩岛的这个地点，容我去发现。

世间存在一种循环：我们丢到海里的东西会回到我们身边，正如撞毁的汽车零件会被冲回岸上，而由于海洋在每一处都是向下倾斜的，失落的万物终将汇合。我不知道我会不会在奥克尼海岸找回丢在伦敦河道里的鞋子。随着我在帕佩岛的时光临近尾声，现在我像水母一样无拘无束地自由漂浮。我好奇接下去会发生什么。我退一步站在岸上，任未知之物冲到我的脚下。

我屏住呼吸。我咬紧牙关。我搜寻海岸，日复一日，只为寻找一个瞬间，可以彻底感到自洽。我用舌头舔舐自己的齿沿，上面有磕开啤酒瓶时留下的缺口，尽管现在已经光滑了些许，但残缺将一直在那里。我摩挲脑后的疤痕。深夜里，我仍然会想起前男友，想起我没有及时改变自己以拯救我们的关系。现在他生活在美国，和新女友一起，听说已经有了孩子。

人们总爱对我说我看上去过得“挺好”，但夜深人静，独身一人，我的心仍然会化为裸露的创口，让我怀疑疼痛永远不会从中停止溢出。我无法抚平我的断层线。那时，我把酗酒作为一种解决方法。“戒酒”

268 并不是一个瞬间，在那之后一切都会好转，而是一个持续的过程，伴随经常性的挫折、动摇和诱惑，缓慢重建。

一个难眠之夜的次日早晨，走在帕佩岛东岸，我在砾石中看见一个塑料瓶。我将它捡起：一个从斯堪的纳维亚漂流而至的芬兰伏特加酒瓶，里面剩了大约一小杯的量。我打开瓶盖，深吸一口气。青少年派对的空洞气息。昏暗的迪斯科舞场里的塑料杯。在小巷里吹完剩下的酒。一股冲动扯动我深处的某种东西，某种强大的东西，它鼓动我连带着海水和水手的唾沫一同将它饮尽。有时候我想，一了百了地说出“去他的，去他妈的全世界”一定很有意思。听说有人“把自己喝死”，我内心有一部分会觉得这个主意很迷人：他们自己为自己决断，他们是自由的。伏特加的气味让我晕眩。这一满口大海送来的毁灭，看上去如此完美。

然而，过去一年我找回的一切更有力地牵着我：清明的双眼，划破天穹的流星，一夜安眠后的清新早晨，睡眠不再会让我头痛欲裂。一天结束的时候我还元气满满，没有把自己灌倒，这是真正的自由。我拧上瓶盖，把瓶子丢在脚下，向海浪放声大笑。北海，你就只有这个了吗？我能扛住，你丢给我的任何东西，我都扛得住。

我继续大步向前。飞机在头顶掠过，在机上乘客看来，一个穿着雨衣的寂寞身影，在一个清晨又一个清晨，在世界尽头以北，正沿着海岸线步行。但在陆地上，在心中，我感到有力而坚定。我是大海的幸存者，望着那几乎把我拖入水底的碎浪的美，我心怀感恩地啜饮冷冽的空气。

28

Renewable 再生

269 外野半遮半掩，低偎在海岸矮丘上，从屋里或路上都很难看见。部分基于这一原因，这里成了建造大型配电站的优选之地，主要服务于维系在主岛西岸海床上的潮汐波能发电装置。

强风、大浪、劲潮是属于岛屿的自然资源。介于大西洋和北海之间的地理位置，以及海水在岛与岛之间的流动路线意味着奥克尼群岛内萦绕着强劲而急速的洋流：我们的水体潜在地蕴含丰富的能量。

岛上有充分利用这些自然力量的历史。直到十九世纪，水车都用于研磨谷物。一九三〇年之前的帕佩岛上，打谷用的是帆驱动的“风轮”。几世纪以来，岛
270 民用各种各样的方式以海为生：打鱼和捕鲸，运输与旅游，以及远洋石油产业。新的可再生能源产业是利

用本地资源、技术、知识及设备的另一种方式。

苏格兰政府设定了一个雄心勃勃的目标，到二〇二〇年可再生能源将百分百覆盖苏格兰地区全年的总用电量。在一个化石燃料日渐枯竭且力图减少二氧化碳排放的世界里，被视为可再生能源技术“全球中心”的奥克尼为我们带来了希望。

过去几十年里，本地议员、商人和来访政客都提及，可再生能源将为奥克尼群岛带来的经济利益可以比肩过去四十年里石油产业和弗洛塔岛所制造的繁荣。新产业的发展要求基础设施的大规模更新，正在修建的新码头可供大型工作船舶容身。

奥克尼是欧洲海洋能源中心（EMEC）的所在地，是新技术的摇篮。主岛西岸以西的海中央，正在测试利用潮汐和波浪能的新装置：“海蛇”发电机包含一个充油泵，可以把波浪的动能转化为电能；“生蚝”设备则利用了加压水驱动发电机。

这次从伦敦回来，我注意到陆上的最大变化是，发电风车在群岛间星罗棋布。奥克尼的小型风车发电机数量如今占了全国的四分之一，大多数农场上都有一架。这些结构体是现代的巨石阵，垂直切割着奥克

271 尼的地平线景观，给荒凉的苏格兰天空抹上一片殊异而低调的灰色阴影。

能源公司派来的代表一拨又一拨，他们上拖车拜访父亲，走到外野去做地质、环境、工程学调研。他们向父亲摊开地图、解说规划，话里话外的意思是——空中正飘着大把钞票。

奥克尼周边的海床属于英国皇家财产局，通过招标分块租赁给了不同的能源公司。皇家财产局给开发者们设定了目标：到二〇二〇年，发电量要达到一千二百兆瓦——约等于七十五万户的用电量。主岛西海岸一侧被分为十三块海床发电区，根据建议将装上许多波顶动力装置。

他们说，巨大的电缆将会穿透崖壁，在海平面以下不远的地方钻出来，把电站和发电装置连接到一起。电站集聚电能，随后输往国家电网，同时也为施工、安装和维修工作提供方便。

一月中旬，就在离农场不远的海岸上，我们常去游泳的岩池边，一位邻居发现礁石堆里嵌了一个六边

形的庞然大物，金属的，得有好几吨重。那是可再生 272
能源公司打造的“甜甜圈”中的一个，根据设计，它会漂在海面上，和海床上的基座系在一起。这玩意儿载沉载浮，把波浪运动转化成加压水，接着用泵抽上岸，驱动水力涡轮机发电。

系索可以承受极大的拉力，但抵挡不住外部摩擦导致的断裂——“甜甜圈”们就这样被大海顺走了。

一个大问题是，开发者至今还没测试出一款可以持续使用的设备。这些几百万磅重的精妙装置总是散架，被大洋折腾得七零八落、扭曲变形。奥克尼人并不意外。我就见识过大海用足够大的力气把一头海豹抛到篱墙这头的情形，它也能经由一个周末的狂风暴雨让长达1英里的海岸面目全非。

在陆上，让人担心的是风车部件的折损和锈蚀，它们承受不住巨大的风力和长期困扰群岛的腐蚀问题，在实现盈利甚至在收回自身的建造成本之前，也许就得换新的了。极具讽刺意味的是，帕佩岛上属于社区的那架发电风车竟然被风刮倒了。

这些由科学领域的顶尖人才打造的工程学前沿壮举，却恰恰被它们所要征服的海浪、洋流和大风征服，变成成吨的海洋垃圾被冲回岸上，从哪儿来又回到哪儿去，一副挨了胖揍、愁容满面的样子。

剽悍的大海让奥克尼被视作开发潮汐波能的绝佳地点，也是剽悍的大海让这项事业困难重重。对电缆
273 进行优化以便向国家电网输送电力的日程不断后延，除了继续测试，奥克尼海洋能源开发的一切前景都还悬而未决。

我成长在某种极端环境下，长大后我又主动去寻求极端，无意识地模仿那些未曾进入记忆的经验。现在，我仍然追求极致的精神体验，但有了自知之明。我希望自己的人生有故事可讲，但必须在不沾染酒精的前提下进行。我选择的道路是力与美与创造，就像那些海上的发电装置，试着找到正确的方式去驾驭那股力量以达成自己的目标，而不会被那力量反噬。

酒精之所以致瘾，原因之一是，它并不真正解决问题。对于这种“似乎能”奏效的东西，我们从不感到餍足。它能短暂地给予慰藉，所以我追逐它，我的海市蜃楼，一次又一次，它却只让我感觉更糟。对于我来说，酒精已经成为一个幻岛，它不是一个出口，

但我希望它是，并且一再绝望地回到它身边。

现在，每当喝酒的冲动袭来，我会努力进一步细察它那虚假的许诺：我感到难过、不安，需要一点能让我放松下来的东西。我希望能有什么来把危机解除。但我认识到焦虑是必要的，它不可避免，无论如何我都喜欢在危机的边缘临渊而立：在那里，能迸发出最妙的思想火花。我本就来自悬崖之巅，这是我的原乡。

酗酒什么都不能解决。酒醒后，问题还在那里。 274
在伦敦，我刻意回避自己过去在奥克尼的生活和家人，
与之决裂，试图逃离。这次回来，我才得以重新直面
这个地方。现在奥克尼也想留住我。人们充满善意，
向我提供工作机会。还有不少峡湾、海岬和小岛有待
探索，小岛上的音乐和乡音同时令我的心膨起，想要
即刻登上下一班渡轮出发。

我不确定下一步往哪里走。也许在帕佩岛冬日的干石墙背风面野餐过后，我会回伦敦待上一阵，去摩天大楼四十层的餐厅。我在两极之间摇荡，从狂热的酒徒到滴酒不沾的禁欲者，从内地大都会到边远小岛。我追寻纯粹的感知觉，就像章鱼可以用全身的皮肤品尝味道。独自一人去往某个地方，这感觉很好。

能源开发商有意买下一百英亩土地，其中有六十二英亩属于父亲，包含了外野的大部分，剩余的出自邻居家的农场。计划建两座大楼，各占地十英亩。即使农户不情愿出售，也有可能被强制征收，毕竟这一规划事关重大。

我回到岛上，适逢新产业方兴未艾。总体而言，我是支持发展可再生能源的，作为利用土地和我们自然资源的新方式，它能带领群岛经济跨入新世纪，减少石油燃料消费，还可以给上了年纪的农户一次性带来可观的收入。但想到这片未被染指的美好草场会变成工业区，还是让人头晕。我生于斯，长于斯，追逐
275 羊羔，观察小鸟，和弟弟捉迷藏。计算机模拟规划图勾起我的回忆和感伤。父亲和邻居也举棋不定。

沧海桑田，一切都会成为过往。对我而言，童年时代的农场随着母亲的离开和农舍的变卖已经不复存在。外野也许会建起配电站，但海浪仍会无差别地冲击它的悬崖，铺设电缆的工程师会替代我们吸收震颤。咻咻钻进我的粉色小屋窗棂的同一阵风将转动风力涡轮机的叶片，周而复始地把空气割开。

28 再 生

春天来临，海鸽们又回到鸟壁，皇家鸟类保护协会的管理员马上也要跟着回来了。离开帕佩岛的时候到了。我没有选择坐飞机，而是采取了一种更迟缓的告别方式——搭汽船。

春分迫近，意味着我戒酒即将整整两年。虽然主要依靠自己发明的疗法，比如徒步和海泳，但我也拾起了从前进行到半途的“十二步骤法”。这套体系意在辅助我们建构可持续的无醇生活。步骤九是，去面对我们伤害过的人，弥补自己犯下的过失。我给前男友写了一封信，没有寄出但随身放在包里，万一再相遇呢？我的同伴，那个被关进精神病房的女孩给我发来新消息，她这次戒酒坚持到第九十天了——在匿名戒酒会内部，这是一个了不起的里程碑，对她本人而言也是头一遭，而且她已经被录取成为一名实习护士。

伴随我成长的自然力量以一种出人意料的方式被 276
开发利用。复原同样也意味着原本被视为毫无价值的废柴找到了用武之地。我也许“玩完了”，但还能重启、新生。这两年，我把自己的能量投入寻找神出鬼没的秧鸡、北极光和罕见的云上，我跃入冰海冬泳，围绕石圈裸跑，向被遗弃的孤岛航行，乘坐小小的飞机上天。我回到了我的家。

现在，我正在去看望小外甥乔的路上。他是在我戒酒后不久出生的，永远也没有机会看到我醉酒的样子了。力量从心中涌起，我对自己充满期待，甚于指望任何人。夜的幻术将空间与记忆完美交叠：每一个我曾探出去抽烟的窗口和每一首我最爱的歌；每一场我参加然后忘却的派对；从飞机上俯瞰呈X形的墙垛，无论风从哪个方向来都能让羊群受到庇护。我在夜里醒来，一瞬间清醒到顶点，一种崭新的景况：睡眠是觉醒的觉醒。

雨水落在我身上。火将我击打。我感到自己是一道慢动作的闪电。我有一英寻①那么深，深藏着未知的未来，以人类视觉无法捕捉的频率振动，做好了勇敢前行的准备。在“索芬”号渡轮的上层客舱里，我注视着帕佩岛消失在地平线背后。过去的两年时光在身后绵延伸展、熠熠闪亮，如同轮船的尾迹。力量在体内翻腾。

---

① 英寻，海洋测量中的深度单位，1英寻约合1.8米。

致 谢

谢意致以杰里米·艾伦、丰召、凯特·芬利森、阿梅莉亚·格林、詹妮·费根、亨里克·赫丁格、凯瑟琳·希伯特、卡伦·欣克利、米拉·芒加、萨拉·佩里、约翰·罗杰斯、迪伊·昆塔斯、戴夫·惠勒、萨姆和“岛屿日”项目的所有工作人员与伙伴，英国皇家鸟类保护协会奥克尼办事处的每一位同事，奥克尼北极熊俱乐部的北极熊们，推特和脸书上的所有朋友，以及帕佩岛的居民们，是你们从各个方面给了我支持和灵感。

在书稿成形的各个阶段，我有幸拥有一群热心帮助我的读者。谢谢你们，特里斯坦·伯克、马修·克莱顿、帕特里克·赫西、卡伦·欣克利、约翰·麦吉尔、马拉奇·塔拉克。同时也要感谢我的经纪人——安东尼·哈伍德公司的詹姆斯·麦克唐纳·洛克哈特，以及我在坎农格特出版公司的编辑珍妮·洛德，感谢你们的关照与热情。

还有，特别的感谢须致以罗宾·特纳、杰夫·巴雷特、安德鲁·沃尔什，是他们首先在“沉湎之河”网站上发布了最初的几个篇章，并鼓励我继续写下去。

十分感谢创意苏格兰协会为我提供的艺术家扶持资金，支持我度过了帕佩岛上的时光。

向家人们致以我的爱，约翰、多萝西、汤姆、佩姬、约瑟夫、斯黛拉，这本书为你们而写。

著作权合同登记号桂图登字:20－2024－163 号

图书在版编目(CIP)数据

岛屿之书/(英)艾米·利普特罗特著；林濑译.
桂林：广西师范大学出版社，2025. 1. -- ISBN 978-7-5598-7610-2

Ⅰ. I561.55

中国国家版本馆 CIP 数据核字第 2024P0R568 号

岛屿之书
DAOYU ZHI SHU

出 品 人：刘广汉　　责任编辑：刘　玮
助理编辑：陶阿晴　　装帧设计：李婷婷
营销编辑：康天娥　金梦茜

广西师范大学出版社出版发行
(广西桂林市五里店路 9 号　　邮政编码：541004
网址：http://www.bbtpress.com)
出版人：黄轩庄
全国新华书店经销
销售热线：021－65200318　021－31260822－898
山东临沂新华印刷物流集团有限责任公司印刷
(临沂高新技术产业开发区新华路 1 号　邮政编码:276017)
开本：787 mm×1 092 mm　1/32
印张：10.5　　字数：152 千
2025 年 1 月第 1 版　　2025 年 1 月第 1 次印刷
定价：58.00 元